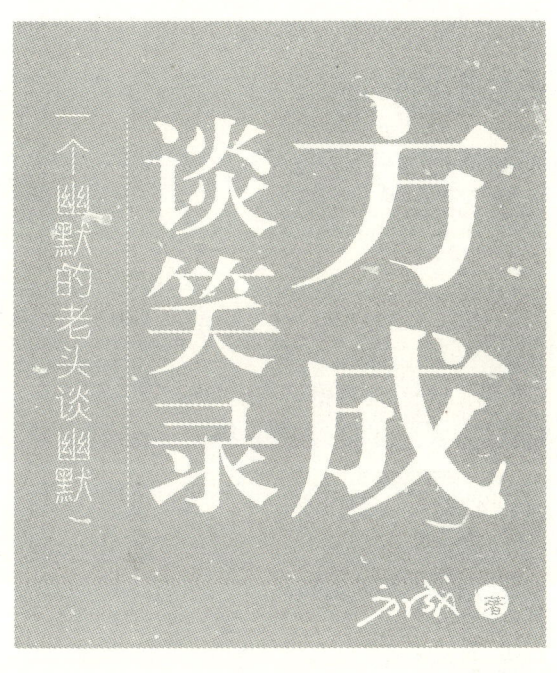

方成谈笑录

（一个幽默的老头谈幽默）

方成 著

人民日报出版社

图书在版编目（CIP）数据

方成谈笑录：一个幽默的老头谈幽默 / 方成著. —北京：人民日报出版社，2014.5
ISBN 978-7-5115-2588-8

Ⅰ.①方…　Ⅱ.①方…　Ⅲ.①随笔—作品集—中国—当代　Ⅳ.①I267.1

中国版本图书馆 CIP 数据核字（2014）第 084774 号

书　　名	方成谈笑录：一个幽默的老头谈幽默
作　　者	方　成
出 版 人	董　伟
责任编辑	宋　娜　谢广灼
出版发行	人民日报出版社
社　　址	北京金台西路 2 号
邮政编码	100733
发行热线	（010）65369527　65369846　65369509　65369510
邮购热线	（010）65369530　65363527
编辑热线	（010）65369521
网　　址	www.peopledailypress.com
经　　销	新华书店
印　　刷	北京中新伟业印刷有限公司
开　　本	710mm×1000mm　1/16
字　　数	175 千字
印　　张	17
版　　次	2014 年 7 月第 1 版　2014 年 7 月第 1 次印刷
书　　号	ISBN 978-7-5115-2588-8
定　　价	36.00 元

序 一

已有半个多世纪交往的老友方成兄,把他近年撰写的一部分论述幽默问题的文章编印成这本图文并茂的集子出版,让本人为之作序。我既感到荣幸,又觉得为难。因为要作序文就得按题命笔,而方兄在他发表的文章中,对幽默的沿革、内涵、特征、功能等都论述得十分全面和透彻,引经据典,切中事理。我若再饶舌,只能是画蛇添足。但是盛情难却,我也只好写上几句多余的话应命。

关于"幽默"这个主题,方老已经进行了多年的探索和研究,很有心得。他曾撰写过几十万字这方面的专论,用中外文出版过十多种专著。中外古今恐怕没有人对此比他下过更多的工夫。对于幽默,方兄不仅在理论方面很有见地,而且在实践方面运用自如。他是作为漫画家驰名的,但是他除了绘画大量漫画之外,还创作不少国画、杂文,甚至相声、剧本。他的各种作品都富有幽默韵味。当然主要表现在他那些讽世的漫画中。那幅脍炙人口的《武大郎开店》就是最富幽默魅力和讽刺效果的绝妙佳作。我特别欣赏他画李铁拐的那幅,既是国画又是漫画的立轴。人们一说八仙,总脱不了"八仙过海,各显神通"的老套,而方老却单为这位跛

腿的仙人画像,别开生面地标上"神仙也有缺残"的题目,真是寓意深刻,发人深省。我曾配上几句打油诗:"过海八大仙,神通各自显,个个有本事,功夫都不浅。瘸子铁拐李,步履不方便,少了一条腿,照样能登天。神仙也会有缺残,哪有完人在人间!"这谈不上是什么"画神点睛",只不过是对画的一种浅显的解读而已。方老的漫画已形成自己独特的幽默风格,即使不署名,人们也能看出是他的作品。

方老进行创作时,并非挖空心思去制造幽默,而常常都是有感而发,这个"感"就是"幽默感"。有幽默感,首先要拥有聪明才智,前提是掌握丰富的生活经验和文化知识。方老有句名言:"幽默源于生活"。应该说这是他的经验之谈。他说过这样的话:"从事讽刺文学艺术的工作者,既要锻炼观察生活和分析判断的能力,还要从群众生活中和文学艺术作品中汲取营养,才能创作出好的作品来。"方老是一个充满生活情趣的人,在他待人处事的过程中,总会迸发出一些幽默的火花。譬如:他把一间既作客厅又作书房、画室、饭厅的斗室命名为"多功能厅";解释为什么偏爱骑自行车代步,他说是因为"上车就有座";当别人称他是"国宝"时,他的回应是"我与大熊猫同级";有人颂扬他"著作等身",他就说"我可没有那么矮"等等。大量这样一些趣闻逸事早在公众中广为流传。方成兄真是人如其画,画如其人。如果说,还不好称他为"幽默大师"的话,那么"幽默大家"的称号他是受之无愧的。

本人有幸与方老做了数十载的老搭档。从20世纪50年代初,我们两人就开始联手创作针砭时弊、讥弹世态的"诗画配",或

是我写出讽刺诗请他绘画，或是他绘好讽刺漫画由我配诗，在各大报纸杂志上发表，既有国际也有国内题材，诗画配合，相得益彰，颇受读者欢迎。方老所配的画常使我的诗大为增色。譬如我在1984年写过一首讥讽美国和其西欧盟友同床异梦、互相利用的讽刺诗，其中有"既是亲密盟友，又是竞争对手，大家各怀鬼胎，彼此使尽阴谋"的语句。方老配的漫画是山姆大叔在同西欧盟友一面热情拥抱一面剪他外套补自己的外衣。这就把诗意大大形象化，使读者有一种入木三分、痛快淋漓的感受。我的另一首嘲笑英国当局在大城市修建"狗厕"供绅士和夫人们遛狗时专用的怪现象，方老配的画仿照男女公厕门上分别绘有男人和女人画像的景象，在狗用专厕的门上画上一只小狗。这充分显示出作者丰富的幽默感和高超的讽刺技巧，谑而不虐，妙趣横生，不能不让人拍案叫绝。

方老如今已九十六岁高龄，依然身体健康，精力充沛，一如既往地老骥伏枥，丹青常备，笔耕不辍。相信今后一定会看到他有更多新的辉煌成果问世。

图1 /方成

序二　听方成讲"幽默"

方成前辈是漫画大家，笔兴千钧，深刻入骨，幽默诙谐，风发泉涌。漫画是讽刺艺术，讽刺离不开幽默，以枪弹为喻，讽刺是弹头，幽默就是弹壳里的火药。弹头的杀伤力之大小，取决于弹壳里的火药的质量与数量。方成以创作实践之经验，梳理阐释个中道理，比如对"幽默"的论说，不仅深入浅出，往往更个性化、形象化。

然而，且引述方成的话："记得是在1979年的某一天，相声大师侯宝林说：有些演员不大懂得幽默，不会使用'包袱'（相声中的逗笑路子的安排），就问我'幽默到底是什么？'"

幽默大家侯宝林都弄不清"幽默到底是什么"，足证"幽默"二字之难以讲得清楚。我也读过一些有关论述的只言片语，感觉是惚兮恍兮雾里看花，有一句不知是谁说的了，"幽默是智慧的火花"，倒是给"幽默"下了个确切定义，可惜太简略了。不免使人慨然而叹，世上有些事是不能往细处说的，不说还明白，越说越糊涂。李卓吾说："盖道理有详言之不解略言之而解考"。"幽默是智慧的火花"一语，大概就是走的李卓吾的路数，也只好如此了。

方成从大量的自己和别人的实践实例中，剥肉剔骨去寻摸那幽

默的"智慧的火花"到底是怎样迸溅出来的。他说:"有的话不能直接说,又憋不住,于是就想办法找个空子,转弯抹角地说出来。"他又说:"人有不便说出的话,总会用'逗笑'的话来搪塞","幽默的根子是出自人的天性中的'爱玩儿'"……话语通俗浅显,却颇耐人寻味。

比如"有的话不能直接说,又憋不住,于是就想办法找个空子",这么一点拨,使人忽然憬悟,那"智慧的火花"原来竟是从"空子"里硬挤出来的。依此思摸下去,离那"幽默"的影踪,虽不中,亦不远矣。

为什么"有的话不能直接说"?不外乎两种情况。一是直话直说可能有碍于人,可致招祸;也可能使问题更复杂化。再是,语言的贫乏远远不能应对多变的生活的复杂性。不是不想"直接说",而是想说说不出来。在这两种情况的任何一种情况下,而又憋得非说不可时,出于人的本能,必然地会寻找另外的表达渠道,或则故意反话语常规,或则将言词解构重构,这就是方成说的"想办法找个空子"的那个"空子"。这个"空子"里的语言,不再是常态的语言,它既荒唐而又正经,既糊涂而又明白,既悖理而又合理,既使人欲笑而又使人欲哭,酸甜苦辣,五味杂陈。

且看方成的老友侯宝林:

> 侯宝林访美国时,该国记者问他:"美国总统里根原来是个演员,您也是个演员,在中国可有他那样的荣誉?"这问题很难答复。侯宝林说:"里根先生我知道,他是二级演员,我是一级的。"

序二　听方成讲"幽默"

这个记者委实厉害,一句话就把人逼到了死角里。因为侯宝林访美,正是自己在那荒唐的"文化大革命"中,遭受非人遭遇之后。那记者必当了然于心,事实俱在,怎能回避得了。看来这记者提问的指向虽是"荣誉"二字,却也不无"项庄舞剑"之嫌。这正是方成说的"有的话不能直接说,可又不能憋着不说"的那个节骨眼上。侯宝林不愧为幽默大家,善于"想办法找个空子",回答道:"里根先生我知道,他是二级演员,我是一级的。"这话听来所答非所问,可其弦外之音的每个字都紧扣着问话的着眼点:荣誉。里根先生享有很高的荣誉(实是因"总统"而荣誉),可他是二级演员,我是一级的(在美国又应该享受什么样的荣誉?),这是顾左右而言他,却又正妙在这顾左右而言他,"谈笑间,樯橹灰飞烟灭"。

这类口舌交锋,是狭路相逢,不期而遇,无先例可依,无成法可摹,只能靠"智慧的火花"刹那间的倏然一闪。智慧有思辨而得之,有顿悟而得之,幽默的智慧有点近似佛家的顿悟。

侯宝林答记者问也应验了方成说的"人有不便说出的话,总会用逗笑的话来搪塞"。演员和总统,本是"风马牛不相及",拿来相比,是偷换概念,是借此置人于难堪境地。比如醉汉纠缠,能和他郑重其事地较真儿么?以调侃对调侃,反而能生发出无限的暗示力,揭示出那无法言说只能意会之处。

可那"逗笑的话"又并非能够轻易信手拈来。有句俗话:一笑置之,就是说遇到事别太把那事当回事儿。要想不当回事儿须要见地高,有胸襟,拿得起放得下。唯如此才能应付自如,于不经意中涉笔成趣,看来运用幽默又关乎人的品格了。

再以方成为例,验证方成说的"幽默的根子,出自人的天性中的'爱玩儿'"。我说方成前辈就"爱玩儿",就是个天生的幽默家。记不清是哪一年了,我俩闲坐无聊,我说:"咱们唱两口。"他说:"好啊,我打电话再叫两个来。"不一会儿来了两位,是牧惠、舒展。牧惠进门就说:"我们是招之即来。"方成立即接答:"你们是挥之不去。"我惊佩这老头儿竟如此思维机敏,出口成趣。

又有一次,本想占他上风,结果落了下风。我说:"方老哥,我在火车上遇到了您中山县(编者:现为中山市)的一个老乡,同在一个包厢,就我们俩。可能是为了让我放心,他从背包里掏出证件一一指给我看,说这是身份证、这是工作证、这是介绍信……我没有资格审查他呀,再说我也没有问他,一看就知是个没出过门的傻小子。他的最后一句话才逗哩,你再也猜不出他说的什么?"

"他说的什么?"

"他说'我可不是小偷'。方老哥,你说我该说什么好?我实在不知应该说什么了。"

方成说:"那太好回答了,你就说我也不是小偷。"

方成前辈结集出书,要我作序。后生小子怎敢当此。谨复述他的讲说,聊充心得体会试卷。

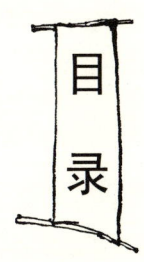

目录

序 一 /池北偶
序 二 听方成讲"幽默"/韩羽
代自序 每个人的一生/方成

上 篇 一个幽默的老头谈幽默

开篇语/13
一 幽默与滑稽/15
二 闲话幽默/17
三 再说幽默/20
四 拐着弯幽默/25
五 幽默，幽默定义/41
六 老百姓的幽默/50
七 家常话/52
八 民谣的幽默/55
九 难忘的幽默/62
十 谈诙谐艺术/65
十一 又议诙谐/74
十二 继谈诙谐艺术/76
十三 诙谐与讽刺（诙谐用武）/85

下　篇　漫画为什么引人发笑

开篇语/95

一　不协调的滑稽/97

二　出奇种种/103

三　失常、出错造成的滑稽/116

四　由奇谈到巧/124

五　尴尬的滑稽/135

六　机智出奇/143

七　奇巧的设计/146

八　矛盾的艺术/150

九　自相矛盾的滑稽/153

十　预期之逆应/156

十一　曲折、含蓄/160

十二　大转折的滑稽/165

十三　重复的滑稽/169

十四　喜剧化处理/174

十五　无可奈何的滑稽/178

十六　动物角色/182

十七　画里画/187

十八　心理刻画/192

十九　故弄玄虚/196

二十　反话的表现/203

二十一　洋仙的表演/206

二十二　见物思情/210

二十三　借形之巧/214

二十四　漫画题材的一个来源/219

二十五　童　星/222

二十六　触景生情/224

二十七　人的刻画/230

二十八　幽默画和讽刺画/235

二十九　启人深思的漫画/248

三十　漫画的标题和对话/251

代自序
每个人的一生

每个人的一生,在社会上自有各人的生活路向。有从家庭出身引发而延续的,也有因偶然机遇,不得不顺从而造成变动的。我正是由于家庭出身问题,从科学研究的生活路向上,改变为走艺术生活道路了。

因家父在北平(即北京)平绥铁路局任文牍课教员,所以1918年我出生在北平。但在上学之前,我在祖籍广东香山县(今中山市)南朗镇左步村生活了四五年,因此小时朋友极少,只在上学之后才遇上三个朋友:一位是季耿,一位是郭英,另一位是钟灵。在他们的影响下,我走上了漫画创作的道路,孜孜以求多年,在2009年11月25日获得中国文联颁发的"造型表演艺术成就奖",此后还获国家文化部、中国文联、中国美协颁发的"首届中国美术奖·终身成就奖",2010年1月获中国东方文化研究会连环漫画分会颁发的"中国动漫艺术终身成就奖"。至此,毕业于化学系的我,在从事化工工作多年之后,从化工业中的一位专家,转变成为一位漫画艺术专家了。

小时候,家父因身边子女多,生活不便,在我四五岁时,就让家母带我们姐弟回祖籍广东省香山县左步村里生活,直到我九岁才回北平上小学。在村里生活的日子,我很少能和农村男孩子接触,因为他们常随父母下田劳动。我只能和弟弟在一起,手无玩具,在外面玩耍又不敢离家太远,平时闲闷时候居多。偶然间我在一村民家里看见墙上挂了一幅山水画,越看越有趣,越看越喜欢,不由地就在地上、墙上学着画。画得多了,画画基本功就练出来了,画也越画越好些,对画画这件事也越来越喜爱。

到九岁,我们母子返回北平,我上了小学,就有条件在纸上画了。家父见我爱画,就拜托同事,也就是画家胡佩衡先生带我去著名画家徐燕荪(徐操)先生家,拜师学画,每周去一次。每次徐先生要我回家临摹他的一幅人物画作品,下周再带来给他看。他指导后,再换另一幅他的作品要我临摹。不料一个多月后,在铁路局一次裁员中,家父被裁失业,我们全家只得返回家乡村里

图2 最普遍的运动 / 方成

生活,因此,我学画中辍。但这时我已学会使用我国传统绘画的毛笔线描技法,这也是我后来漫画创作使用的技法,别有特色。之后由叔父供我继续上学。我从小学上到高中毕业,1936年考上武汉大学化学系,1937年日本大举入侵,武大被迫西迁到四川乐山县(今属乐山市),我那时正在广东香山县南朗镇左步村里过暑假。由于战争爆发,国内交通不便,我不得不申请停学两年,获校方批准。1939年我经安南转广西到柳州,由家兄安排,从贵阳乘车顺公路北上,经重庆渡长江返乐山复学上二年级,这时日军已近败退。

我在参加校内的话剧活动时,遇到读法律系的同学季耿,他是话剧导演,也很会画,长我两岁,有生活经验。我在他处获益良多,对他十分信任,便与他成为挚友。那时文、法学院一些同学常出壁报评议时事。季耿鼓励我们合作文艺性的壁报,取名"黑白",每周出一期。他知道在1935年我上高中时曾参加学联的活动。那时,为抗议国民党蒋总裁与日本勾结,妄图在我国华北实行所谓的"自治区",北京学生们联合起来,宣布成立学生联合会,即"学联",全体罢课聚会进行抗议,并从12月9日开始游行示威,时称"一二·九爱国学生运动"。

同学们知道我会画"小人儿",就要我画宣传画。我仿照上海出版的《漫画》杂志上的作品,画了几幅,送到学联。我只记得交到学联的九幅画中,有一幅曾在校门外张贴过,画的是一把川军宋哲元的二十九军使用的大刀,上面鲜血淋淋,标题为"中国人的刀,哪国人的血?!"因为二十九军曾用大刀镇压游行的学生,

图3　生存竞争 / 方成

有学生受伤。这是我平生所作的第一幅公开亮相的漫画。

上大学后，季耿知道我画过漫画，就要我为壁报主持约集漫画稿。不料全校没人会画漫画，我不得不自己画，每周必须画一幅。我虽无创作经验，但因平时喜爱看漫画，知道那是作为评议的画，因此，为突出主题，是需要用夸张方式表现的。于是我便画些同学生活中有趣的现象。例如有的女生近视，平时爱美，不愿意戴眼镜，上课时为看清黑板上的字，才不得不戴上；又如乐山当地颇潮湿，蚊虫老鼠多到困扰生活；等等。这些都成为漫画创作题材。

由于我每期必须为壁报画一幅，画得越多，我对夸张这种表

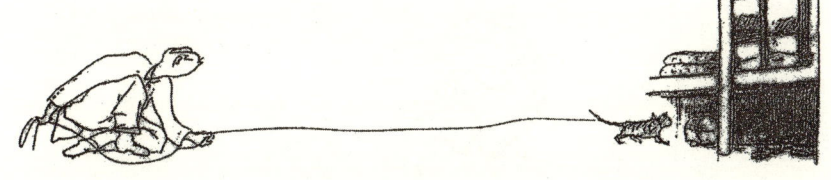

图4 捕鼠(壁报上的漫画)/方成

现手法使用越熟练,最后也越来越有漫画的味道了。例如,为表现某些同学在捕鼠一事上缺乏经验,我在画中呈现了一个给猫拴上绳子并小心蹲在旁边守候的形象。

1942年我大学毕业,进黄海化工研究社工作。黄海化工研究社是企业家范旭东先生的三大企业之一。工作之余我闲来无事,有时也会重画一些自己画过的漫画作品作为消遣,也曾在成都、自贡、重庆等地举行画展。1946年我被调到另一企业永利公司碱厂任技术员,遇到自重庆来探亲休养的川大外文系毕业生郭英小姐。她爱画,在众多围在她身边的单身男士里,她只和会画的我亲近。当时人们的工资待遇很低,走长路没钱乘车,所以我从五通桥去乐山时必须步行几个小时,郭英小姐常常陪伴我度过这步行的几个小时。我爱慕之心渐生,一日终于鼓起勇气向她表白,不料她以两人同龄不宜婚配为由相拒。为此我深感困恼,夜里难以入睡,无法工作,寝食难安多日,我自省生活不能如此,便决定远离。

那时日军已投降,国民生活都在恢复中,我在乐山也能见

图5 /方成

到上海报纸。我见那上面刊登有米谷、张文元、丁聪的漫画作品,于是就决定辞职远赴上海,以漫画向报刊投稿,凭稿费维持生活。黄海的孙学悟(颍川)社长是一位很和善的长者,他关照说,在上海生活很不容易,如有困难,可以回来。我表示深谢。

到了上海,我先寄住在同学王世封兄家,后来也在其他友人家住过。我向著名的《大公报》和《观察》杂志投稿,也向其他报刊投稿,所幸均被收录,得以维持生活。《观察》主编储安平先生还特邀我为《观察》主持漫画版。后见有广告公司征聘绘图员的广告,我一清早跑去应聘。来征聘者是美国籍犹太人皮特先生,他很欣赏我当场画出的漫画人物,决定录用我。于是我有了

宿舍，也有了充分时间创作漫画向各报刊投稿，生活终于安定下来。

在上海工作期间，我有幸结识了广东老漫画家余所亚先生，他常常邀我到他和老版画家李桦先生同住的家里留宿，有时还和他们一同用餐，又不收我任何费用，因此使我能在上海长住两年之久。在这两年中，我有机会时时锻炼漫画创作技巧。因对世事我还不甚通透，开始我只会创作连环漫画，如国民党出的"法币"越来越不值钱，我创作《拾米》，又作《过境》《抄袭故技》等。后来渐渐会作单幅的漫画如《春暖花开》《法外之法》《对日合约》等。在上海的两年，使我有机会不断改进漫画创作技巧。

1948年，国民党军被共产党军击败南撤，在上海居住的进步人士纷纷避难到香港，我也去了。在香港，我还是以作漫画投稿为生，每日发表一幅，凭一天8元的稿费维持生活，这一段经历对我的漫画创作技巧有着深远的影响。

1949年我国新政府成立，我返回北京，1950年我进俄文夜校学习时，与同学钟灵交好。他是从延安来的，懂政治。我们两人合作创作政治讽刺画，向《人民日报》投稿，被收录发表。不久，遇到时任人民日报美术组组长华君武同志，他推荐我进人民日报任美术组编辑。时值朝鲜战争，报上经常发表战时评论，为配合时评，需要有漫画，增加可读性，我的漫画就被用上了，在美术组长华君武同志的指导下，我发表了大量的漫画，为评论配画漫画也就成了我的日常工作，一直到我退休。

图6——为练绘画技法，借镜子画速写，被画的人不知，不乱动。/方成

  1980年8月，我在北京举行"方成漫画展"，各地美协的同志都来参加。画展一结束，所有展出的作品就被山东美协毛云之同志借去，在济南市展览。由此各省市美协纷纷来借，我的作品先后在天津、广州、南宁、上海、南京、贵阳、昆明等市巡回展览。画展开到哪里，哪里的报纸上就会有画展的相关报道，其中，展出的漫画《武大郎开店》，因看来有趣，所以传播较广。画展先后在北京展过两次，在天津展过三次。在天津展出时，我听到有人高唱河北梆子"武大郎开店"，这段戏曲被我录了下来珍藏至今。此后，我的作品在广州展过两次，在深圳两次，1986年在国外展过一次。

我退休后,就不想再作漫画发表了,爱好上了写作,常用电脑写文章,想到什么就写什么,或评时事,或述人生,或议诙谐,或说感悟,或记回忆……以此消遣解闷,也为健脑,希望有利于健康。

图7 / 方成

上篇

一个幽默的老头谈幽默

生活一向很平常
骑车画画写文章
养生就靠一个忙

零零年夏
戚自画自
于金台西路
多功能厅

开 篇 语

幽默,是英文 humour 用中文按音译的词,相当于中文"诙谐"之意。我没查过有关论诙谐的资料,但因为画漫画,漫画又是从英国传来的,漫画指的是幽默的画,所以就用起"幽默"这个词来。记得是在 1979 年,老友相声大师侯宝林曾向我提到有些相声演员不大懂得幽默,不善于使"包袱"(相声术语"逗趣"之意)。他问我:"幽默怎么解释?"我说不出,就到处去查。一直不断查了三十多年,凡见到各国的"大百科全书"我都查过,也查过谈到"幽默"的许多文章,全没查出来,连"幽默"这个词的来源也查不到,于是我就从"幽默"这个词的来源查起。

经过不懈的努力,我终于查到相关资料,知道幽默是从语言来的,为此我写了许多论幽默的文章,如《老百姓的幽默》《民谣的幽默》《再说幽默》《谈诙谐艺术》《诙谐,幽默艺术》《幽默,幽默定义》《幽默到底是什么》《说幽默技法》《漫画的幽默》《幽默是从哪里来的》《说滑稽感》《谈谈笑的艺术》《幽默是艺术》等等。

幽默是滑稽的,是逗笑的语言说法。滑稽是人们在日常生活

中看来、听来使人觉得可笑的一般现象。在社会生活中，总会有不少使人觉得异乎寻常，令人觉得滑稽有趣的事，例如有人一时没留神，穿的袜子是一黄一黑的，即使知道是可能因为匆忙中穿错了，有人见了也会觉得滑稽可笑。但幽默是人有意说出曲折、含蓄的，也使人觉得有趣的话，并没有自然出现的幽默。

下面讲一些我所认识有关论幽默的看法。

一　幽默与滑稽

　　滑稽，那是人都明白，连小孩子也明白的，不就是逗乐的吗？司马迁的《史记》里面就有一部专论滑稽的《滑稽列传》，离现在两千多年了。我们中国人早就把逗乐的都叫"滑稽"。西方国家的人和我们的习惯不同，他们把逗乐的都叫"幽默"。"幽默"这两个字是90年前林语堂先生从英文音译成中文的，意思和"滑稽"一样。后来学者们发现，逗乐里面还可分为高级的和低级的两种。我现在就借用"幽默"、"滑稽"这两个词来加以区别，一般偶然发生的逗乐叫"滑稽"；凭头脑别出心裁想出来逗乐的叫"幽默"。

　　我查过不少书和有关幽默的文章，包括欧美国家和日本出版的大百科全书中讲幽默的辞条和论文（都有译文），发现各国学者们对幽默的认识不同，各说各的。有的说：幽默是出在英国的；有的说：幽默是某些人天生的才能，学不来的；有的说：幽默很复杂，说不清，无法下定义的。英国的一本百科全书里就说：凡逗笑的都是幽默，如此等等。只有一点，学者们大都同意，没人反对，那就是：幽默都出于人的智慧。我也同意。那么，并非出于人的智慧

的那些逗乐，就属于滑稽了。比如，早晨起床迟了，急着跑去上班，慌忙中穿错袜子，一只脚穿黑的，另一只脚穿黄的，谁见了都觉可乐；马戏团里的小丑，鼻子特红，人看他那样子特别，也觉可乐；有人在街上问路，见一位长头发的男人，以为是女人，称他"小姐"，别人听了也会笑。这都属于滑稽。这种滑稽不需深思、不需用巧思想出，随时随地可能偶然见到或听到。

另一种逗乐就不同。听侯宝林说的相声《夜行记》，说到买的那辆旧自行车，"除了铃不响，剩下哪儿都响"，把人都逗乐了。高凤山表演快板，一上台喝一口水，边喝边嚼着。同伴问他："喝水你嚼什么？"他说："北京的水硬。"逗得人大笑。这样的逗乐就属于幽默了。谁都会想到，这种逗乐是出于人的智慧所创造，很不容易想出来的。

这就是幽默和滑稽之间的区别。

二　闲话幽默

幽默，原来是西方国家的语词，英文是 humour，林语堂先生按音译成中文的。如今英国美国习惯上把可笑逗笑都叫幽默，正如我们说的滑稽。因为逗笑可分两类：有自然发生的，还有人想出

图8　/方成

来的。为了便于研究,这里借用"滑稽"和"幽默"这两个词来加以区分,把人想出来的逗笑叫"幽默"。例如,侯宝林说的相声《夜行记》里,说他买的一辆旧自行车,人问他这车是怎样的,他说:"除了铃不响,剩下它哪儿都响。"把人逗得大笑。因为这话一听就明白,是非常破旧的意思。如果直说:"非常破旧",就不可乐了。那句逗乐的说法,就是幽默的说法——不直说,而是拐着弯说出来,让人一听就明白的。

人想出来的话,听来新鲜、出奇,又很明白,是一时创造出来的说法,自然逗乐。

图9　/方成

记得是1979年的一天,幽默大师侯宝林提出幽默的理论问题,鼓励我去研究。我先去查中外有关幽默的论著,论文与书本,一直不断查到今天,都没找到合理的解释。有说逗乐都叫幽默;有说幽默是某些人天生的才能,学不来的;有说是幽默非常奥妙,无法解释,不能下定义的;德国哲学家伊曼纽尔·康德认为:幽默是"在紧张的期待突然消失之际产生的一种情感"。说的也是发笑。从我所见各国讲解幽默的学者们的论文,只提到"幽默"这个词的来源,却一直没发现他们提到幽默的来源。任何事物的出现,都必有它的来源。不了解它的来源,是难以考察出它的性质的。既然查不到幽默的理论解说,我只好凭自己的实践经验来理解了。我从幽默的来源考察,找出它的性质和运用方法,先后写出详细论文,多年来出版幽默论著十余本。从2005年开始,用小品文形式,以示例方式谈幽默的来源和它的性质与用法,大部分作品都在报纸上发表了。

三　再说幽默

以前我讲过，写过：无意中出现逗笑的叫作"滑稽"。人想出来逗笑的，才称为"幽默"。看文件也知道各国学者们一致认为："幽默出自智慧"。这里的"智慧"，当然是人的智慧了，那"幽默"也自然是人所想出来的。

有人问过："幽默"到底是什么？怎样解释，讲清楚？

我曾查阅过我所能看到的中外大百科全书和论幽默的著作，就没见过有人提到"幽默"含义的来源。我想，任何事物的出现，一定有它的来源。不了解来源，是难以得知其性质的。因此我先去查它的来源。

"幽默"是20世纪20年代林语堂先生从英文 humour 谐音译成中文的，原意相当于中文"滑稽"。但幽默属于人想出来的滑稽，而滑稽是无意中出现的。

我想，既然幽默是人想出来，使人感觉出来的，它出现的来源自然是在人与人之间的交往活动中。而人与人交往，大都通过语言，因此可以断定，"幽默"源出于语言，是从语言中来的，那自然是一种语言说法，还会说得令人发笑。

三 再说幽默

在原始生活中,人们生产活动很简单,语言自然也简单。社会发展进化,日常生活和生产活动随之进化,逐渐复杂起来。人与人之间的关系也就逐渐复杂起来,语言自然会复杂起来了。例如,有伦理关系和情礼关系的约束,不能像小孩子那样随便说:"你妈"、"你爸"、"我妈"、"我爸",而需称对方父母:"令尊"、"令堂",自称之为"家父"、"家母"了。过去在乡村里夫妻之间的称呼为:"孩子他爹","孩子他妈"。现在提到所尊者生病、死亡称:"不舒服"、"不在"。不会说:"他病啦"、"他死啦"。这都是曲折含蓄的说法。曲折含蓄的语言说得熟练,同样也会用得巧。语言用巧也会生趣,

图10 写教科书——理论不少,教科书却还写不出来/方成

也就是说得幽默。例如在相声《夜行记》里：

　　甲：二十八块钱你就买车呀！

　　乙：买旧的。

　　甲：那能骑吗？

　　乙：哎，你别看花钱不多，车还可以。

　　甲：骑得过儿。

　　乙：反正除了铃不响，剩下哪儿都响。

图11 "噢！有麻雀吃喽！"／方成

三 再说幽默

人一听了就笑,明白是说非常破旧的意思。不直接说是破旧的,而是拐着弯说,使人领悟,明白。这是曲折幽默的说法,是一时想出来,创造出来的一种说法,更形象生动的使人明白。这样的说法新奇,听了自然会感觉有趣。在我国北方这种说法不少,如:吃豆腐报肉账;会偷吃不会抹嘴;哪里不浇油哪里不滑溜;打肿脸充胖子;老王卖瓜,自卖自夸;庙小神灵大,池浅王八多;鱼找鱼虾找虾乌龟找王八;两口子打架不用劝,放下桌子就吃饭,等等,一听就明白。这种说法显然是经过思考,有创造性的,听来自然会觉得新奇,幽默有趣。

语言何以会出现幽默呢?我想,不仅是人,动物生来都倾向自由,喜欢自由玩闹。看电视节目《动物世界》就知道了。尤

图12 /方成

其是人，在社会生活中，工作中，都会时常感觉不自由，以及费心吃力等等的烦恼，所以总会想找机会放松一下。在亲友交往中，说话自然也会找机会说说玩闹取笑的话，使心情放松。幽默是想出和说出来能逗笑的，常会是在说话时候出现。能想出，说出幽默的话，自然也能写出画出和表演出来。于是就有了相声、漫画和喜剧等等幽默的艺术作品的出现。

四　拐着弯幽默

幽默，现在可是个相当热门的话题了。到各地书店和大大小小的书摊上，大都可见到带"幽默"两字的书，有的是文学作品、画集，有的是理论著作，中国的、外国的都有。

可幽默到底是什么？查词典，《辞海》，查英、美、苏、德、法、日等国的一些大百科全书有关译文，查中国的和外国的幽默理论（译文），都找不出明确一致的解释。

30多年前，幽默大师侯宝林曾问过我，我也说不出，才促使我到处查找。查的结果是公说公的，婆说婆的，简而言之，常见的有这么几种解释：

1. 逗人笑的就是幽默。
2. 没法说。幽默是不能下定义的。
3. 幽默是人天生的素质。
4. 幽默是英国产品。

有的阐释想用全面的、概括性的说法，把幽默的一些特点、用途、效果全写出来，如1989年版的《辞海》里"幽默"词条上写的是：

1.发现生活中喜剧性因素和在艺术中创造、表现喜剧性因素的能力。真正的幽默能够洞悉各种琐屑卑微的事物所掩藏着的深刻本质。

2.一种艺术手法,以轻松、戏谑但以含有深意的笑为其主要审美特征,表现为意识对审美对象所采取的内庄外谐的态度。幽默在引人发笑的同时,竭力引导人们对笑的对象进行深入的思考。当幽默变得非常深刻而又不同于讽刺时,就会超越滑稽的领域,而达于一种悲怆的境界。

图13 /方成

四 拐着弯幽默

常看喜剧、相声、漫画、动画和幽默诗文的人，也许会对《辞海》中幽默的阐释有所同感，觉得挺合理的。可是幽默到底是什么，未必就明白。说是"一种艺术手法"，是不错的。用这种手法来说、来写、来画，也许有可能产生那样的艺术效果，虽然要找事例，却很不容易，例如"悲怆境界"。

这正如给"铁"写的词条："一种比木头硬，色较深之物，可以用高温烧化，制成刀、斧、锅和炸弹，生活上是离不开的。"

看了这样的阐释，还是不明白铁的本质到底是什么。

从事幽默文艺创作实践的人，对《辞海》里写的幽默解释就不会满足，也会引起疑问。我在太原，和几位画家同到杏花村酒厂参观，酒厂领导热情接待，见面时互通姓名。我说："我叫方成。"领导说："我久闻大名。"我回答："我大闻酒名。"同伴都笑了，说："挺幽默。"他们也未必想知道笑的对象是谁，也不必作什么"深入的思考"。

在一本书里我写过一段自我介绍：

> 方成，不知何许人也，原籍广东省中山县（填表历来如此写法）。但生在北京，说一口北京话。自谓姓方，但其父其子都是姓孙的。非学画者，但以画为业。乃中国美术家协会会员，但宣读论文是在中国化学会。终生从事政治讽刺画，因不关心政治屡受批评。

其中第一句是仿陶渊明《五柳先生传》头一句的写法。吾母姓方，方成是笔名。我原是在化工研究所从事化工研究工作。

几处报刊编辑觉得有趣，加以转载。估计他们也不需作什么

深入思考，一看就明白。我们常看幽默的漫画，看了就笑，并没感觉曾做过什么深入思考。这种情况要比《辞海》中提到的那些幽默效果更普遍也多得多。所以，看了那《幽默》辞条的阐释之后，还是不容易明白幽默是啥。

任何事物的出现，都有其形成的原因，有一定的根源和发展的过程。从我所能看到的有关幽默的论述中，中国的和外国的，都没提到。查不出根源，不知来龙去脉，就很难探索出它的性质和运用的规律性。既然认识到幽默是一种艺术手法，就不能又认为幽默是天生的素质。因为艺术手法从来没有不学而能的、属于天生的素质。也许正是因为没弄清幽默到底是什么，有什么规律性，就只好说成是人的天生素质——是上帝给的。

图14　——哎呀，老王，是你呀，还认得我吗？／方成

四 拐着弯幽默

考察幽默的性质,需从根源追起。这应该是一种必须遵守的科学态度和方法。

幽默的根源从什么地方去追寻呢?

我是从两个方面考察的,先讲第一个。

(一)笑的来源

学者和艺术家对幽默的认识不同,公说公的,婆说婆的,但有一点是共同的,谁也不反对,那就是幽默能逗笑。因此需从笑去追根。笑是怎样逗出来的呢?从日常生活中可以普遍感觉到的有五种:

1. 不协调,不相称

这是最普遍也是常可见的逗笑。比如穿西服却戴着中国旧式

图15 /方成

瓜皮帽,看着就显滑稽可笑;两人跳舞,女的高大,男的瘦小,看来也滑稽。

2. 巧合

人吃着汤圆,飞来个乒乓球,恰好落在汤圆碗里;或楼上落下个皮球,恰好落在行人的头上,两个圆形碰在一起;或一个高大的人敲门,应声而出的恰好也是个高大的,或恰恰相反,出来一个是十分矮小的,看来都会逗笑。一个鼻子中间有个红痣的人问路,问到的人恰好鼻子中间也有个红痣,看来都逗笑。

3. 出错、失误

现代男人发型从后面看像女人,身后有人问路,以为是女的,叫声:"小姐,请问——"这才发现认错了,别人一看也会笑起来。匆忙中穿错袜子,一黄色一黑色,都会让人觉得滑稽可笑的。

4. 机智

临机应变做得巧,也会逗人笑,例如同事争吵动起手来,见领导进门,立即假称练太极拳,支应过去,会令人觉得滑稽可笑的。

5. 尴尬相

看朋友幼儿可爱,抱过来,那孩子尿了他一身,出现尴尬相,谁见了也会笑。变戏法露出底,被人看穿,会逗笑。

逗笑的,一般称为滑稽。但令人担忧的却笑不起来。例如从楼上落下花盆,落在人身上只会令人担忧,不觉滑稽的。

造成滑稽感都是在瞬间发生,乍一见,乍一听,就感觉出来。

四 拐着弯幽默

从这些滑稽的产生，可推想出人在面对这类滑稽时的心理反应是这样的：感觉出奇。

人们在社会中共同生活，日久天长，互相交往，自然会形成共同的或大体共同的生活方式，共同的或大体共同的语言、习惯、一些风俗，由此会有许多公认的人世常情、常理、常态和逻辑性，在人头脑中造成普遍的意识和观念，并被人们习以为常。一有差异，乍一见，乍一听，便觉出奇，引起兴趣，觉得不应该是这样的，是错的，便忽然笑起来，名之为"滑稽"。

许多滑稽常被人说是"出洋相"，意为出奇，是贬语。

英国哲学家霍布斯（Thomas Hobbes，1588-1679）把滑稽引起的笑释之为："笑的激情只能是将我们与他人的懦弱（弱点、缺点）或自己以前的懦弱（弱点、缺点）加以比较后忽然看到自己高人一等，从而油然产生的自豪感。"这种"自豪感"也可称为"突然的荣耀感"或"优越感"。

常见、常听和常想到的事物，不会使人感到出奇，出奇正是由于人的主观意识、想法和所见所闻的客观现实不同，主观和客观实际产生矛盾引起的。之所以感到滑稽，还在于这种出奇是可理解的，也就是有发生的可能性。比如听见有人一声怪叫，但不知道为什么会有怪叫，就不会让人有滑稽感。但如果听到那声怪叫是一个外地小贩在吆喝，就觉得可笑了。为什么？因为人们都知道小贩吆喝怎么会奇怪，可是在胡同里就是能听到人喊一声"难受——"，出门一看才发现是卖熟肉的老汉吆喝"南肉"，两音近似，听了就让人觉得滑稽。

图16　新婚／方成

（二）幽默的来源

各国学者和艺术家们对幽默的认识各有不同，但还有个共识，认为幽默出之于人的智慧，也没有发现有反对的。虽然在西方国家里，人们常把一切逗笑的事物均称为"幽默"，但也没有发现有人把一切逗笑均认为是出之于人的智慧。因为许多逗笑的滑稽出之于偶然，比如一个口吃（结巴）的人问路，恰好问到另一个口吃的人，别人见了会觉得可笑，这种逗出的笑，谁也不会说是由人的智慧造成的。研究幽默的人，总是由看幽默作品如喜剧、漫画和幽默诗文之类出发，去找"幽默"的解释。人和静物之间，大多是由偶然而引发的逗笑，也就是滑稽。只有人与人之间，才有智慧的幽默发生，才是动用了智慧的幽默。许多学者和艺术家认为幽默是人天赋的才能，这正是因为他们肯定了幽默是出于智慧。

既然幽默常常产生于人与人之间的交往中，而人与人相交往大多靠语言。即使是哑人也有哑人的语言方式；动物与动物交往，也同样靠着它们的语言，动物有动物的语言方式：母鸡咯咯地叫几声，小鸡就会跑过来，那是鸡的语言方式。

中国历史悠久，源远流长，其中封建社会时期最长，有两千多年之久。在封建传统文化中的伦理关系、尊卑、等级观念等深深地刻在人的头脑里，延绵至今，影响深远，致使语言发展到今天都有一定的特殊性。

在六十多年前，我回到农村故乡，遇见一位相识的大姐，我上前问候，问她近况如何。她腼腆地说："我是客人了。"我一听就

图17 /方成

四 拐着弯幽默

明白,她已嫁到外村去,是回娘家探望的。那时女人对人称自己的丈夫没有直说的,而是说"孩子他爹"。男人介绍自己妻子也不直说,而是说"孩子他妈"、"内人"、"家里的"。说法都拐个弯,不直说。两人初识,对话一般是:

"您贵姓?"

"鄙姓王。"

"台甫?"(问姓字)

"小字德旺。请教您贵姓?"

"免贵姓李,小字福生。您府上?"(问原籍)

"山东,济南。"

对人尊称"贵",自称"鄙",即尊卑之意。贵人的家尊称"府"。称别人的父母为"令尊"、"令堂",自称则曰"家父"、"家母",才显得有礼,文明。问对方父亲年龄:"令尊高寿?"如果说:"你爸爸今年多大岁数?"就失礼了,使人感到你没有教养。直到现在,见面依然是问:"您贵姓?"回答仍是"免贵,姓王。"长辈生病,说是"不大舒服",死亡称"不在"、"故去"、"逝世"、"去世"等,不说"死了"。小孩子常这样说:"妈,我拉屎。"现在哪有大人这么直说的?原始人文明还未开化,猜想那时可能才是"直话直说"。随着人类社会发展,语言也越来越文明,曲折式的语言就是这么产生的。除此之外,因尊卑关系,生活中很多话不能直说。旧时皇帝死了只许称"驾崩",老百姓见官不能自称"我"和"我们",而称"小民"、"小人"之类。这是被迫,只能曲折地说。

其他国家也都一样,因社会进步,人事关系越复杂,曲折含蓄的语言方式也会越来越多、越巧。从文学艺术作品中也能看出来。

常言说,熟能生巧。语言用得熟练,也会生巧。生巧必出奇。押韵就是一种语言之巧。乡下老太太哄孩子,唱儿歌:

> 金箍棒,
>
> 烧热炕,
>
> 爷爷打鼓奶奶唱,
>
> 一唱唱到大天亮。

图18 /方成

四 拐着弯幽默

曲艺家说快板、快书，诗人写诗，都讲求押韵用巧。语言为了曲折用巧，也谐音韵。把"妻管严"戏称"气管炎"。单身生活说成"我一人吃饱，全家不饿"，他全家就他一个，这意思一听就明白，也觉得有趣可笑。因为这种说法出奇，显出技巧和智慧动人。出奇又可理解，一想便知，自然滑稽逗笑。朋友们问一对新婚夫妇："你们两人谁是一家之主？谁听谁的？"男士回答说："我们讲民主，各有分工，两人意见一致，就全听我的，我做主；意见不一致，由她做主，听她的。"人一听就笑了，明白他说的意思。从这些话的效果看来，可说是幽默的。

图19 祸从口入／方成

这些都是曲折、含蓄的说法，人一想就明白，悟解其意，就觉得话说得巧，有趣动人，应该说这就是幽默。

用语出奇，而又令人理解，可能只是滑稽；但不仅仅滑稽可笑，还含有一定的意思和情感，如果说这不是幽默，会是什么呢？

幽默都是用曲折、含蓄的方式表达或表现，使人一想就明白，悟解其意的。

我画了几十年漫画，主要是作为评论的讽刺画。都讲究用幽默技法，使用夸张、比喻、影射等各种曲折、含蓄的方式表现的。评论什么都必须用语言表达，而我是画出来，有时用语言搭配，那么，每幅画都表达我对一些事物的看法，不就是一种语言形式吗？

可见，语言可以画出来。

也可以用戏剧形式表演出来。莫里哀的喜剧《悭吝人》和《伪君子》，不就是对某种人的评论吗？

相声也一样，也是对人对事的评论。也有只是逗人笑的，但也少不了对事对人发表看法。

可以说，幽默是一种经过艺术加工的语言形式，是艺术化的语言。说出来、画出来或表现出来，都给人以审美的愉悦。也是一种艺术方法，用这种方法创作成以笑为艺术手段（方法）的文学艺术作品，以及喜剧、漫画、相声和动画、幽默的诗文等。

滑稽逗笑，幽默也逗笑，但不仅逗笑，还带有一定的含义。由此可说，幽默是用滑稽的方式发言，表达自己的意见，抒发自己的情感。

四 拐着弯幽默

前面写过,造成滑稽的因素是矛盾而又有所协调的关系,看来、听来出奇,但奇得有理,或能言之成理。为此,我运用滑稽发言(画出漫画,写出文章),就是以"奇巧"二字作为艺术方法。我曾写的自我介绍,就是借用矛盾出奇。我以"大闻酒名",对"久闻大名",是用巧合之奇应对的。我作的漫画,也都力求用各种幽默方法、技法。因为漫画本来就属语言,说出来和画出来同样收效,漫画

图 20 / 方成

是幽默语言形式。

　　总而言之,幽默的根源是语言,是因社会文化发展逐渐形成的一种语言形式,是艺术化的语言,是表意性的,抒情性的,可以用种种方式表达或表现,成品都有艺术美感。它是一种艺术,也是艺术方法。艺术和艺术方法都是学而能的,有天赋的人学得快,用得灵活,但并不会有天生的幽默家,不学就会的。

五　幽默，幽默定义

我是画漫画的。有时写点有关漫画艺术的理论文章，可从来没想过研究什么是幽默。

记得是在1979年，和侯宝林谈起相声。他说："有的相声演员不大懂得使用幽默技法，'包袱'老使不好。"

"包袱"是相声术语"笑料"。

我说："漫画上也有这问题。有的作品不会使用幽默技法，直来直去，没漫画艺术特色。"

"幽默，到底是什么？"

他这一问，把我也问住了，说不清。他说："咱们是搞幽默艺术的，总得知道幽默是什么呀。"

我约他明天来我家，再约上李滨声。李滨声的漫画很幽默。

三个人谈了一个上午，都说不清。侯说："这问题不能不弄清楚。"

先讲讲幽默给人的感觉。

有一次，姜昆和台湾相声演员同台表演。台湾演员自我介绍说："我从台北来。"姜昆说："我从台南来。"那演员诧异地看他，

他接着说:"从这个(舞)台南边来的。"逗得人大笑,也说很幽默。

朋友们在饭馆吃饭,一盘烧鸡送上来,尝过后,一个人指着那鸡说:"味道还可以,就岁数大了点儿。"大家听了都乐,明白说的是这鸡太老,嚼不动。

从这些例子可觉出这种语言方法,有一个明显的特点:话不直说,是拐着弯说的,是曲折含蓄地说出,使人领悟。

图21 打蚊子/方成

五 幽默·幽默定义

这种语言的表述方法,自然是经过一定的规律性安排,设计出来的,才可能造成这样的艺术效果。

为什么会形成这种语言方式呢?这就须找出幽默的来源。找出来源才能探索出它的规律性。从前面的例子可知,幽默是从别人的语言作出的评价,是否就是从语言来的呢?从中国的历史上考察,这是很可能的。

原始人生活简单,人际关系就简单,语言也简单。想象一下,大约说话一般就是:"走,打鱼去","来吃啦"……现在小孩子说话直言无隐,想什么就说什么:"我要吃","我要拉"。社会发

图 22 / 方成

展，文明进化，社会生活越来越复杂，人际关系也就复杂了，要讲文明，讲礼貌。这时要逗笑就要出奇，直接的交流方式已经很难产生幽默。

逗笑，想是因为，人们共同生活，日久天长，便会形成某种共同的生活方式，有共同的语言、习惯和风俗，有许多公认的常情、常理、常态和逻辑性。一遇到异乎此，就觉出奇，但也觉得是可

图 23 /方成

能和可理解的出奇,又于己无害,便感有趣,会使人笑起来。人都好奇,顿然感到这种新奇现象,会觉得有趣而笑起来的。这是一种人之常情。

百年前,男人见面行礼,都曲一膝半跪垂右手,时称"打千"。现在见到,再"打千"就会觉得可笑了,因为出奇。身穿西服,打领带,头上却戴早年的瓜皮小帽,下穿中式肥裤子,人看了准

图24 /方成

会笑,因为看来衣着不相称,不协调。口吃(结巴)的人问路,问到的人恰好也口吃,人见了会笑起来,这是因为出奇的巧合。看别人的幼儿可爱,把她抱过来,不料尿了他一身湿,人见了他那尴尬相也会发笑,他自己也会笑的。这是意外的出奇。

这种种的不协调、失误、巧合、尴尬的出奇,都能使人明白是出之有因,可理解,不是无缘无故冒出来的。可理解的失常和反常,才会令人觉得有趣可笑。

从前面的例子可想到,这种种语言表述方式,都是反常的,自然出奇,但又能使人明白其中的含义,人会想到这里必有机巧的艺术加工。这种出奇中,有令人信服的机巧。所以我用"奇巧"这两个字简洁地概括幽默的艺术特性。我也用这两个字来概括幽默的运用方法,是既出奇又能使人理解和感悟。

漫画是表意性的艺术。人们使用漫画作为一种语言方式,作评议,提意见,表思想,抒发情感。最讲究用幽默方式,寓庄于谐。这里用几幅漫画为例。

第一幅(图25),表现的是拍摄电影的场面。那门是个布景,以假当真的。奇的是,被拍的那个女子(演员)居然没穿裤子,看来出奇,滑稽可笑。人们通过画理解,她展现给观众的是前面,所以身前有围裙挡着,拍不到的后面,就光着。

第二幅(图26),表现中的浴缸形状很奇特,那女人坐在里面,看来样子很可笑。因为那浴缸样子虽然奇怪,但奇得有理,令人信服。

这两幅漫画是以幽默动人的,通称幽默画。

图 25

图 26

第三幅（图27），一看便知是讽刺画。医生用手电筒，总是照病人的喉咙、耳朵这些部位，查看病情的。但这位医生看的却是病人手里的袋子。这样的事看来奇怪，也可笑。因为人们从画中理解，他是想看看病人带多少钱呢。这是讽刺这位医生所关心的不是病人，而是自己所能得的医疗费。

出奇是人的主观想法和客观现实之间的矛盾。这个矛盾又可理解，即矛盾中又有协调之处，这可说是造成滑稽的原因，使人发笑。

幽默有滑稽感，但和滑稽不同。幽默常常是一种语言方式，

图27 听诊／方成

语言都有含义。滑稽只是逗笑而已。

如问：幽默究竟是什么？我的回答是：一种经过艺术加工的语言方式，它的特性是曲折含蓄地表达，使人思而得之，进而领悟的。因表达方法出人意料而又可理解，造成滑稽感。幽默是社会文明进化而形成的一种语言方式。幽默可以说出，也可写出、画出，可以表演出来。由此产生幽默的文学作品、漫画、相声、喜剧，各种滑稽表演等。

幽默是一种艺术，也是艺术方法。

图 28　为官老爷画像／方成

六　老百姓的幽默

　　人们随便在一起谈话，总想说得有趣些。在一般俗语里就有很多话听来有趣，如"不当和尚不知头冷"，"死猪不怕开水烫"。尤其是挖苦的说法，如："比死人多一口气"，"披人皮做鬼事"。听说书的表演，就是很普通的话也会说得有趣动人。有一次，记得是袁阔成说《三国》，说到在当阳长坂坡，单枪匹马闯进曹操阵营去救后主的蜀国大将赵子龙英勇胆大，他说："子龙的胆子晒干了，比倭瓜大三号。"明知是夸张说法，不是真的，可听着就觉得有趣动人。记不得是哪位说书人说《大明英列传》，讲到大将常遇春，或是他的儿子，说身体壮："脸黑，像煤，搁在煤里不知道谁是谁。用手摸，软的是他，硬的是煤"（大意）。这样说人，听众都明白是夸张，而听来特别有趣可笑。

　　早年流传两个看来就是老百姓编的笑话：

　　　　有个人被扛上枷锁，他的亲友见了，问他犯了什么罪？他说："我在大街上拾了一条草绳，就被他们抓住了！"

　　　　"拾条草绳怎算犯罪呀？"

　　　　"咳，因为绳子那头拴着一只小牛犊子呢。"

另一个笑话是:

  有个给人画像的,没人找他,没生意。人劝他画一幅他自己夫妻两人的像贴出来,好让人知道他是画像的,就会有人找他画了。这位画家就这样画了自己夫妻的像贴出来。他老丈人走过看见了,问他:"这女人是谁?"
  "就是您的姑娘啊。"
  "她旁边那人是谁呀?"

图 29　情人 / 方成

七　家常话

老朋友来电话：

"老方吗？我小圆，身体好吗？"

"还好，还活着哪。"

"还爬格子哪？"

"是啊。差使哪，一个星期得两篇。"

"米寿过了，望九啦，悠着点儿吧。"

"没事，我信天爷教的。"

这都是老人说的家常话。小青年未必全听懂。我们说惯了。"爬格子"是写文章；"差使"是工作；"米寿"是88岁；"望九"是89岁；"悠着点儿"是从容些，缓慢些；"信天爷教"是按俗话说"听天由命"的意思。

其实，不止我们，各行各业也有他们的家常话。朋友间开玩笑就有玩笑的话。如说"天爷教"，就是我这么说，没听别人说过。

在社会生活中，人们自然有一套大家通用的语言方法。可为什么有时不那么用呢？我想，是有些原因的。这和人性有关，其

七 家常话

实还不止人性,大凡动物都一样,从一生下来就好游戏,爱玩耍。人活到老也还是好玩耍的,当然和小孩的玩法不全一样。可也有一样的,其中表现在说话上,就很明显。上小学的时候,就爱给同学取外号,叫"大鼻子",叫"小印度"。上班工作了,还叫人家的外号"刘三点",因为他讲话有条理,总是分几点说,常分三点,已成习惯。面色偏黑的,叫他外号"小二黑",都是为了取笑。上饭馆吃饭叫"撮一顿",娇惯孩子的叫有"艾滋病"(爱子病),把孩子惯得成了个"小祖宗"。正因为好玩耍,爱取笑,这才会出现种种有趣、俏皮、逗乐、像玩笑的话。甚至很严肃的人也这样说。私塾老师见学生淘气,就要说:"你屁股又痒痒啦!"一听就明白,那是说屁股要挨打了。见大人说话,小孩子好奇,有时会来问:"你们说什么呀?"

图30 夫妻老了的时候/方成

我回答："说吃饱了不饿。"这是哄孩子说的玩笑话，可他一听就不再问了，比说别的都方便。这也是用幽默处理问题的方法。

其实，推本溯源，绘画、舞蹈、戏剧、写作等等，都是从游戏演化而来的。孩子从小就爱玩，男孩玩武斗的戏；女孩玩"过家家"，爱跳舞、表演、爱画画。这一切无疑是文学艺术的源头，经过熟练、加工、美化，也因现实的需要，逐渐形成各种文学艺术品。

幽默则源出于语言，也同样是从玩耍逐渐演变而成为艺术的。听说有个人姓魏，有人给他起个外号叫"耗子"，因为他长得矮小，脸又有点尖，说他像老鼠。但后来被改称"喂猫"了。必定是因为恰好他姓魏，"魏"和"喂"谐音，由谐音造成幽默感。连起外号都能作艺术加工，可见语言的美化是容易从玩耍开始的。

八 民谣的幽默

中国人民长期生活在封建专制强压之下,是不许随便说话的。老百姓总有不少话要说的,憋不住,就得想办法找个空子,不受约束地说出来。于是便出现了民谣,多是像顺口溜那样唱出来的。

图31 不要叫"老爷"——不要叫我"老爷",叫"公仆"/方成

古时流传下来的:"县里衙门朝南开,有理无钱莫进来。"和"三年清知府,十万雪花银。"这种民谣就传了很久。在 20 世纪三四十年代,抗日战争期间,国民党和共产党联合抗战。国民党军节节败退,但对共产党却不断压制和攻击,防止它声势壮大。我在四川就听过一曲讽刺国民党的传谣:"内战内行,外战外行。"国民党政府一直退到四川,以重庆作陪都。虽然在前线紧张作战,而那些政府军政人员依然腐败,投机倒把,花天酒地,吃喝玩乐。这时"前方吃紧,后方紧吃。"这句话到处流传,引起群众的愤恨。

图 32 苦读未悟图 / 方成

八 民谣的幽默

新中国成立后,在新制度的建设中,遇到不少困难和挫折,产生了一些不正常现象,以至一时的动乱,引起群众的不满,就会出现讽刺的民谣。我们的行政制度很不完善,到处都会有拖拖拉拉的各种现象。在办公室上班的,就有:"一杯茶,一包烟,一张报纸看一天。"在选用人才以至判断是非上,就有不正常现象,就引起了一种说法:"说你行,你就行,不行也行;说你不行,你就不行,行也不行。"这句话传得很广。我常到广东,就听过:"北京人敢说,上海人敢穿,广东人敢吃,东北人敢干。"这句话在一定程度上概括了不同地域人的特点,很有意思。

在农村,体制上的变动不断,先由单干转互助组,再组成生产队、生产社,然后又变人民公社,之后又从人民公社解散出来,

图33 /方成

变来变去,有明的,有暗的,很是复杂。人与人之间关系同样复杂,议论纷纷,传谣多得很。那时农民都是集体干活,结果流行的是:"下地一阵风,干不干活都记功。你走我也走,工分七八九。"农民和干部之间的矛盾是经常发生的,如:"队长用钱一句话,出纳用钱随便拿,会计用钱纸上画,社员用钱求菩萨。"对干部的工作作风说的是:"小队干部田里干,大队干部地头站,公社干部骑车转,县里干部隔着车窗往外看。"挖苦村干部的话有时很可笑,传的是:"前面走来个大干部,身上穿的抖抖裤,当面是日产,后面是尿素。""日产""尿素"是装化肥布袋上印着的字。村干部得到这些白色布袋,染成深色的,做成裤子穿。但袋上的字还能隐约显出来。

图 34 /方成

八 民谣的幽默

图 35 / 方成

许多农村干部经常要到县里去开会,听县里传达上级的精神。很多情况从传谣中可见。如:"省里开会半个月,县里传达三五天,乡里贯彻一顿饭,村里落实一袋烟。"也有正面的劝导,如:"村看村,户看户,群众看的是干部,上梁不正下梁歪,中梁不正倒下来。"

不仅农民,市民里总有向各级政府官员求助的事,会遇到各种官僚作风的阻碍。从报刊报道就见到这样的传谣:"门难进,人难见,口难开,脸难看,话难说,事难办。"对那些贪污腐败现象的传谣,在报刊上也常见,如:"烟搭桥,酒铺路,甭看你公章大,顶不住熟人一句话。"这还是几十年前的话,现在用烟酒铺路就不够了!讽刺的话还有:"滋溜一响,有话好讲;酒足饭停,不行也行;

饭饱酒醉不对也对；嘴巴一抹事情办妥。"以及"酒盅一端，政策放宽；筷子一拿，要啥批啥。"讽刺某些领导的有："情况不明决心大，心中无数点子多。"

在20世纪六七十年代，知识分子地位低，收入不及体力劳动者。传谣就有："手术刀不如剃头刀，搞导弹不如卖茶叶蛋。"还有："工人农民拍手笑，二道贩子哈哈笑，知识分子光着屁股坐花轿。"记得是在1993年，我的月工资补贴共500元，而代人卖服装的、不识字的女子的月收入是800元。我的哥哥是一家很大的汽车制造厂的总工程师，前几年去世，他的最高月收入只有1100元，比我当时的工资少得多。

有一段期间很不正常，工厂很乱。我就听过这样的传谣："党

图 36 / 方成

八 民谣的幽默

是我的妈,工厂是我家,没钱向妈要,缺啥家里拿。"在"文革"期间的传谣更滑稽可笑:"青年男女新婚配,买回枕头红一对,新郎是造反有理,新娘是革命无罪。"其中的"造反有理"、"革命无罪"都是印在枕头上的字。那时候能看的戏只有八个样板戏。电影也都是一般化的情节。这时流传的电影是:"老队长带错路,小青年犯错误,支部书记是个女干部,最后抓个大特务。"

许多商品弄虚作假乱提价。于是流行:"哪个牌子名气大,换了商标就提价。"许多药品越来越贵,则是"换个名字就提价"了。

朋友间开玩笑也有流行的话,如在宴会上就有:"老婆有交代:少喝酒,多吃菜;够不着,站起来;吃不完,往家带。"

图37 /方成

九　难忘的幽默

人都好奇，所以都爱听笑话。不但爱听，也爱说给别人听。说得多了，就可能会有不同的说法，有的还会作改动，造成不同的版本，但大意是相同的。可也有不少笑话是很难改动的。

我听过一个笑话，说的是几只老鼠走出洞口，远远看见一只猫走过来，吓得往洞里钻。只有那只年纪大的老鼠很镇定，它不跑，还大声学狗叫："汪！汪！汪！"把那只猫吓跑了。它对这群小老鼠说："你们看，学点外语很有用吧。"这笑话我就向别人说过。

最近看赫伯·特鲁著的《论幽默》书里所记的就不一样：

老鼠妈妈带着一群小老鼠大步走过厨房地板，这时突然出现一只猫。猫叫："咪呜！咪呜！"老鼠妈妈也回叫："咪呜！咪呜！"被弄糊涂的猫走了，老鼠妈妈对它的小老鼠说："你们看，我说的没错吧！我告诉你们多学一种语言总是有用的。"

还有个加拿大笑话说的是：

"你相信吗？我在五分钟内打死了十只苍蝇，而且四只

是公的，六只是母的。"

"我不信！你怎么认得出来哪些是公的，哪些是母的？"

"那再简单不过了。公的我是在酒杯上捉住的，母的则是在镜子上抓住的。"

图38 ／方成

而在另一本书上记的则是：

甲：一分钟之内我打死了十只苍蝇，有五只是公的，五只是母的。

乙：别吹牛，你能分辨苍蝇的公母？

甲：那太容易啦！在酒杯上打死的是公的，在镜子上打死的是母的！

有的笑话编得很巧妙，可仿造，但不会有人想去改动。例如讽刺德国纳粹党的笑话：

上帝分配给每个德国人三种特性："聪明"，"诚实"，"纳粹党"。但每个人只能得到两种。

图39 研究研究／方成

十　谈诙谐艺术

原来想讲的是"幽默艺术"，因"幽默"原是英文humour，是用汉语音译为"幽默"的，所以现在我就用汉语写成"诙谐艺术"了，意思是和"幽默艺术"一样的。好在"幽默"二字在我国已很通用，就依此写下去。

幽默是一种语言方法，其特性是说话不用直叙，而是用曲折含蓄的方法说出，令人一思而悟。比如有人说："我一人吃饱，全家不饿。"一听就明白：此人是独身生活的，他家里就有他一个人，没别人。有人问我："你的画是从哪里学来的？"我说："从家里蹲大学。"这也是一种风趣的含蓄说法，听来好像说是在外国的大学里学的，其实意为："自学的"。"家里蹲"不就是："在家里蹲着"学会的画嘛。

幽默语言就是诙谐的语言、说法，人听了明白，还觉得说法曲折含蓄又滑稽、有趣，一听就明白。滑稽是因为看来或听来觉得出奇，可也明白是什么意思，才显得滑稽逗笑。在社会生活中，人们在一起总会有共同的或大体相同的生活习惯、动作规律、行为逻辑等等，大家见惯了，不以为奇。但也有时会见到或听到与

众不同的表现，意思却很清楚。可是平时没见过、没听过这样表现的，就会觉得出奇，显得有趣可笑，这就是滑稽了。比如一人匆忙中穿的那双袜子颜色一黄一绿，别人见了就会觉得可笑，因为穿错了，出奇，错得可笑；而这出奇是他看出来的，一时自觉比别人敏感，会自满地笑起来。这是人见到出奇就会笑的原因。幽默虽然是滑稽的，但不是随便看出来或随便听出来就觉得滑稽可笑的，而是人想出来、说出来、也逗人笑的。所以学者们说："**幽默是来自思想，是出于智慧的，是人想出来、说出来或做出来的滑稽。**"

图 40 ／方成

图 41 /方成

  幽默听来看来也很滑稽,但在自然中出现,看来或听来感觉出的滑稽不同。幽默是人凭思想引发出来的滑稽。这就是幽默和滑稽的区别。世上没有自然出现的幽默。

  "我一人吃饱,全家不饿。"听来为什么觉得有趣,可笑呢?因为这句话不是直叙的,而是曲折含蓄、拐着弯说的,使人一听而悟,是说者和听者彼此之间思想沟通而悟出的;听来出奇又可理解,就觉有趣,有其含蓄动人的艺术美。

  漫画和相声都是会引人发笑的艺术表现形式,是幽默的艺术。侯宝林说得好:"相声是立体的漫画,有声的漫画;漫画是平面的相声,无声的相声。"

怎样能出现幽默的语言方式呢？任何事物的产生，是必有原因的。这种幽默的语言方法是从哪里来的呢？人都会理解：语言是出于生活所必需的。因此，这就需要从一般生活里去找幽默的来源。我们平时就会理解，在社会生活中，由于社会与文化的不断进化，人与人之间总会有交往，就会有种种关系：有长幼，尊卑关系，有互相交往等方面的礼貌关系，还有求需等各种关系。有些话不便直说，需用婉转、曲折、含蓄的表述方法说出来。比如有困难，需求助，就不便直说：

"我很需要钱，你给我吧？"

"不给。"

一般人总会用曲折含蓄的说法：

"我家有点困难，希望老朋友帮帮忙，过些时还给你。"

"对不起，最近我实在很不方便。"

图 42 时间的变迁 / 方成

曲折含蓄的语言,大多是因社会关系而形成的,是社会和文化的发展进化逐渐形成的语言方式。幽默也一样,只是需有一定的技法,也就是因文化发展进化逐渐形成的。社会文化越高,幽默语言就会越普遍,越会用得恰当,用得好。

幽默语言因为出奇,才显出滑稽动人之感。所以使用幽默,就须善于使用出奇的滑稽技法。

举例来说,我是用漫画作评论的,评论是说出来,或写出来的。人说话总是用种种语词,如:许多领导干部经常用公款大吃大喝,屡禁不止。"许多"、"干部"、"经常"、"大吃"、"屡禁"

图 43 / 方成

等等,都是概括性的词,没法画出来。有具体形象才画得出来。想画出来,就须使之有形象才画得出。所以就须用比喻,也就是编个故事情节说出来。因为比喻都用生活上的事物来比,所以可以比成有形象的画面。我画《会餐》《一切如常》《余财》《弹琴图》《顽症》,都是用滑稽情节作比喻来表现这种"随便大吃喝"的。

我在四川听人讲过三位花甲老人在说他们各自的养生之道。一位说:"晚饭少吃口。"另一位说:"饭后百步走。"再一位说:"老婆长得丑。"就是用滑稽说法论养生之道的。

1980年我举办"方成漫画展",在北京、天津、广州、上海、南京、成都、重庆等十多大城市巡回展览。各市报纸都有评论,在展出的作品中,《武大郎开店》广受人们喜爱,因此流传很广。1980年《人民日报》由广大群众来信投票评选当年美术作品精品两件,其中漫画只评出一件即《武大郎开店》。我听到天津广播电台播出有人高唱河北梆子,曲目是新编的《武大郎开店》,我录下了。用幽默技法创作的漫画《武大郎开店》,画中出奇的是店里的老板和伙计,个个全是小矮子。所以看来出奇,显得滑稽。

漫画是用来作评议的画,为强化画的评议效果,就用夸张的表现方法,夸张会造成变形,由此会显得出奇、滑稽。这是漫画的一种艺术特色,看来动人。所以从事漫画创作,就需掌握造成出奇的幽默技法,善用这种技法。这种技法是在不断创作中体会,渐渐熟悉起来的。

图 44　武大郎开店——我们掌柜的有个脾气,比他高的都不用。/ 方成

图 45 相马 / 方成

图46 咱家有人当官了！／方成

十一 又议诙谐

前面提到,诙谐是一种语言说法。何以出现这种说法呢?告子曰:"食色,性也。"这话是不错的。因为人是以"食"维持生命,以"色"遗传种族。但还有一件也是不可少的:就是"玩"。

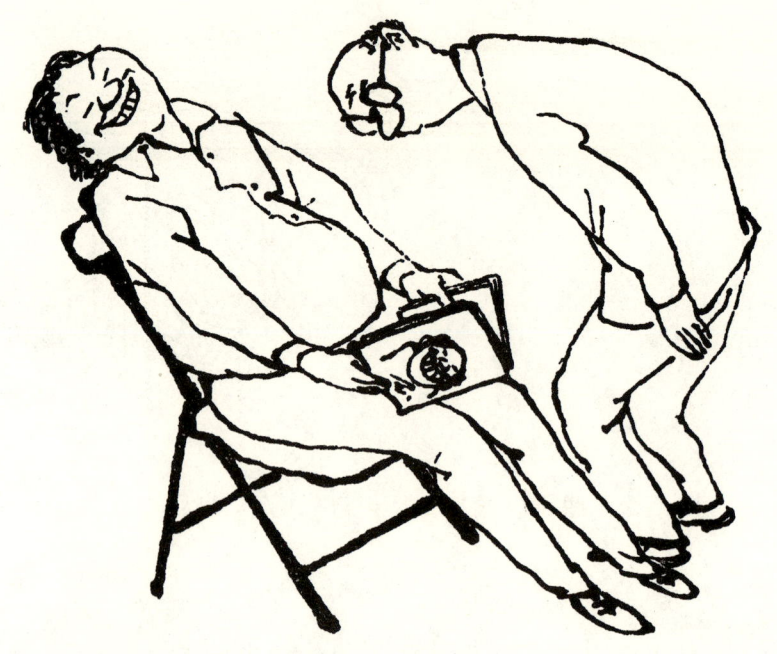

图 47 /方成

十一 又议诙谐

无论是我们人类还是动物，都是常会想要打闹玩耍的，也属天性。天造万物，总会使之有善于调理生活的性情和本领。动物为生活，不得不紧张劳作，劳作是被迫而需用力的，自然会盼望可休息的轻松自由，爱好自由，想任意活动，那就是玩。动物一出生就爱玩。仔细观察，就可发现动物在玩中，都含有对自由的向往，也含有攻击和防守的含义——这也就是保护生命所需的练习动作。动物为谋生，不得不经常紧张操劳，身体会疲倦，很需要放松一番，就想玩一会儿了。人既然想玩，自然在说话里也会开开玩笑，轻松一番，由此就会出现开玩笑的、诙谐的语言方法。这种语言说法是要滑稽的，才会逗人轻松地笑起来。滑稽在于出奇，幽默是做出的滑稽，需显得自然而然，又合情理，意思也清楚，一听一看就懂。这就是曲折含蓄的幽默的语法。我老婆离开我了，人问我："何不再娶一个？"我说："不行，我怕老婆。"人一听就明白这是玩笑的话。因为"怕老婆"是一句很不光彩的话，人都不肯说的，我公然说出来，就显出奇，便知是戏语，听来就觉滑稽。有人刚理过发，朋友见了说："呵，清理门面了？"也是听来出奇，意思也很明白的诙谐说法。所以相声大师侯宝林说到他刚买的自行车："除铃铛不响，它剩下哪儿都响。"逗得人大笑。因为说法出奇，觉得很滑稽，而意思是很清楚的，既诙谐，又一听就明白。

人在日常生活中，常会为了使精神松弛，开开玩笑，说滑稽有趣的诙谐话，也会做出诙谐有趣的动作，自然也会出现诙谐的艺术作品了。

十二　继谈诙谐艺术

现在可以谈漫画创作艺术了。漫画就是一种诙谐艺术，也是一种作为评论的艺术。为强化评论效果，是用夸张方式表现的。夸张会造成变形，变形会出奇，看来就觉滑稽有趣，由此形成漫画的艺术特色。这也就是用诙谐的方式作评议，使人爱看。所以

图 48　创收图 / 方成

十二 继谈诙谐艺术

从事漫画创作,就需能掌握诙谐的艺术技法,还能画出来。一般评议总是说出来,或写出来。说出、写出用的话总是用概括性的词句,想用漫画表现,就须有具体形象才画得出来。如说某人"靠权力贪污","用公款吃喝",还"屡禁不止";有的餐厅"餐费过高";"楼上人家常会落下重物,危及行人"等。这些概括性的话语无具体形象,画不出来,没法画。想画出来,就须改用有具体形象的说法。例如,就可用具体的公章表明权力;漫画《强人》用具体的

图 49 / 方成

图 50　给统计学家再出一道题 / 方成

情节,对比表现餐费过高;《顽症》用无效的膏药指代处理方法无效。这样编出有具体形象的故事,才画得出来,并且还要编出诙谐有趣的故事,吸引人看。由此我画的《强人》《创收图》《余财》《顽症》《有备无患》,都是借有具体形象的故事情节来表现,也就是常用滑稽的比喻来表现的。为了表现特高价钱的餐厅,我编了个故事为:价钱高的餐厅收费,正如强盗行劫,于是就有了《强人》;用一个肥胖的人想用"禁止"来减肥的故事,表现"禁止大吃喝"倡议并没有发挥效用。有的农村小学教室简陋,雨天常会漏雨,我用

图 51 余财／方成

喜剧性情节表现，画《上课》。这些故事都是按需要编出来的。能按需要编出有具体形象又诙谐有趣的故事，便成为漫画创作的一项基本功。

图 52　上课 / 方成

再举编故事一例：中央已颁布"改善知识分子工作和生活的政策"，但有些地方长期未落实。为此我画《久等人才》。我国历史上曾有把知识分子划为第九等的事，"九"与"久"两字谐音，所以"久等人才"也就是"九等人才"。这幅漫画就是表现那个知识分子正处在"虽有改善政策，但尚未落实"的局面——也就是表现那人"正在等着上面给个实在的座位，使他能落实坐得下去"的情势。

图53 久等人才／方成

又举一例:有的领导人,能力很差,但他所处地位却很高,权力重大。我编个故事画成《过磅》——人体瘦弱无力,但分量很重。

图 54　过磅 / 方成

有些领导人随意用公款大吃大喝,这种情况屡禁不止,为此我画《顽症》,也是编个故事画的。我把公款大吃喝这种情况比喻成人患肥胖症,他想减肥,就用"禁止"膏药贴。但这种膏药无疗效,年年贴,都无效。

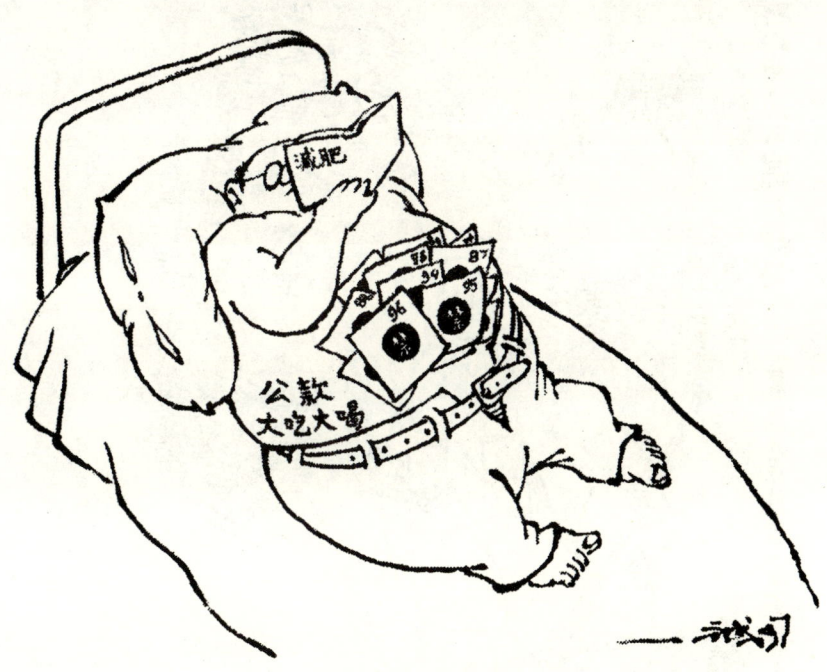

图 55 顽症 / 方成

有的单位领导忙于开会和处理文件，部下的人很难找到他。我借贾岛的诗句"只在此山中，云深不知处"的意境，展现"领导难寻"。

能够编出有具体形象的、诙谐有趣的故事，使漫画所要展现的立意更直观形象，便成为从事漫画创作的一项重要基本功。

图 56　贾岛诗意／方成

十三　诙谐与讽刺（诙谐用武）

在报刊上针对敌人用漫画作评论，使用讽刺技法揭露敌方的阴谋和弱点，以及其必败的结局，这是用诙谐技法，为我方鼓舞士气。这种讽刺画，我在人民日报社编辑部画了多年。当年抗美援朝，

图 57　活动的国防线 / 方成

以及对越自卫反击战时，漫画作为对抗敌方的宣传武器，创作的目的，在于揭发敌方的专横无理，以此鼓舞我方士气，灭敌方威风。如表现美国在战争中逼近我国领土，我作《活动的国防线》；讽刺美国入侵朝鲜时的外强中干，我创作《虎皮骑士》；讽刺美国不得不签订《停战协定》，我作《多面手》；讽刺美国的种族歧视，我作《卫生拖把》；讽刺美国经济危机，求助于西欧仍旧不能挽救失控的局面失败，我作《救生圈》；讽刺美国总统虚伪的"保障人权"，我

图58 卫生拖把／方成

作《总统有请》；讽刺美国援助越南即将覆灭的反动政权之白费劲，我作《圣水？》；讽刺美国企图居于北大西洋集团的领导地位，遇到法国总统戴高乐的抗拒，我画《异军突起》（图60）；讽刺美军在南越施行的战斗计划失败，我画《美国老虎在南越》（图61）；讽刺美国入侵越南革命政权的失败，我画《蹩脚的美国佬》（图62）等。

图59　救生圈／方成

方成谈笑录

　　诙谐引人笑。笑有多种，漫画中常用讥笑。讥笑有善意的，有讽意的，也有恶意的。在特殊年代对敌斗争的漫画，自然是讽意的，例如在1950年后我们讽刺美军的漫画，揭露美国在台湾建军事基地，我画《望帽兴叹》；讽刺美国社会生活的《求职记》和《再见》；讽刺美国种族歧视我画《习惯成自然》。对于反映我国生活所作的幽默画，主要是有趣的，如《艺术摄影》（图63）和《传统表情》（图64）。

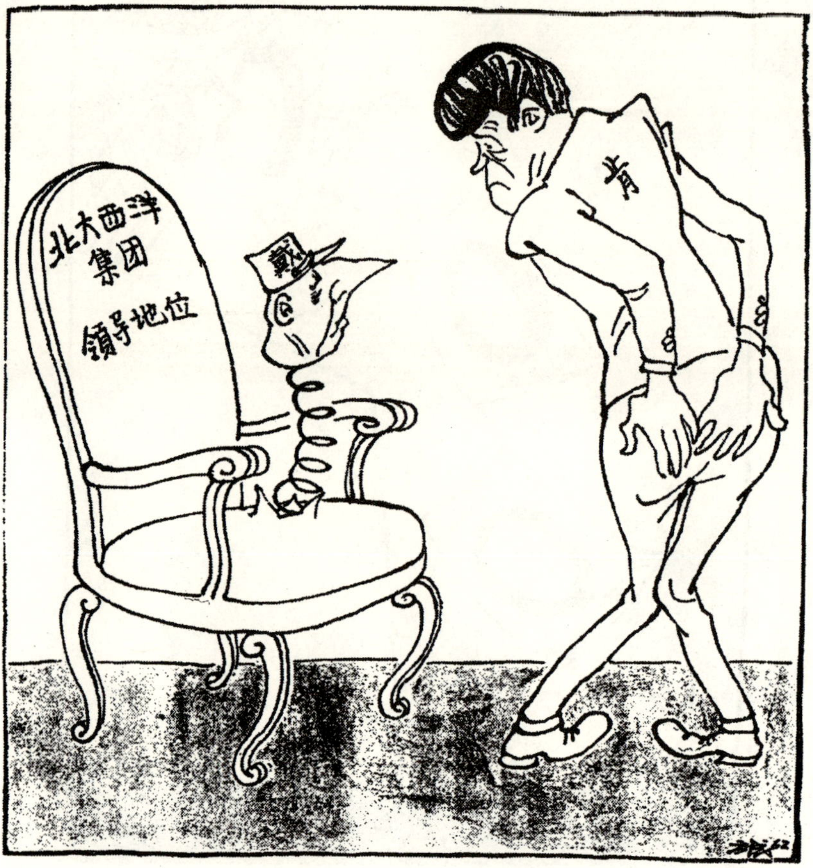

图60　异军突起 / 方成

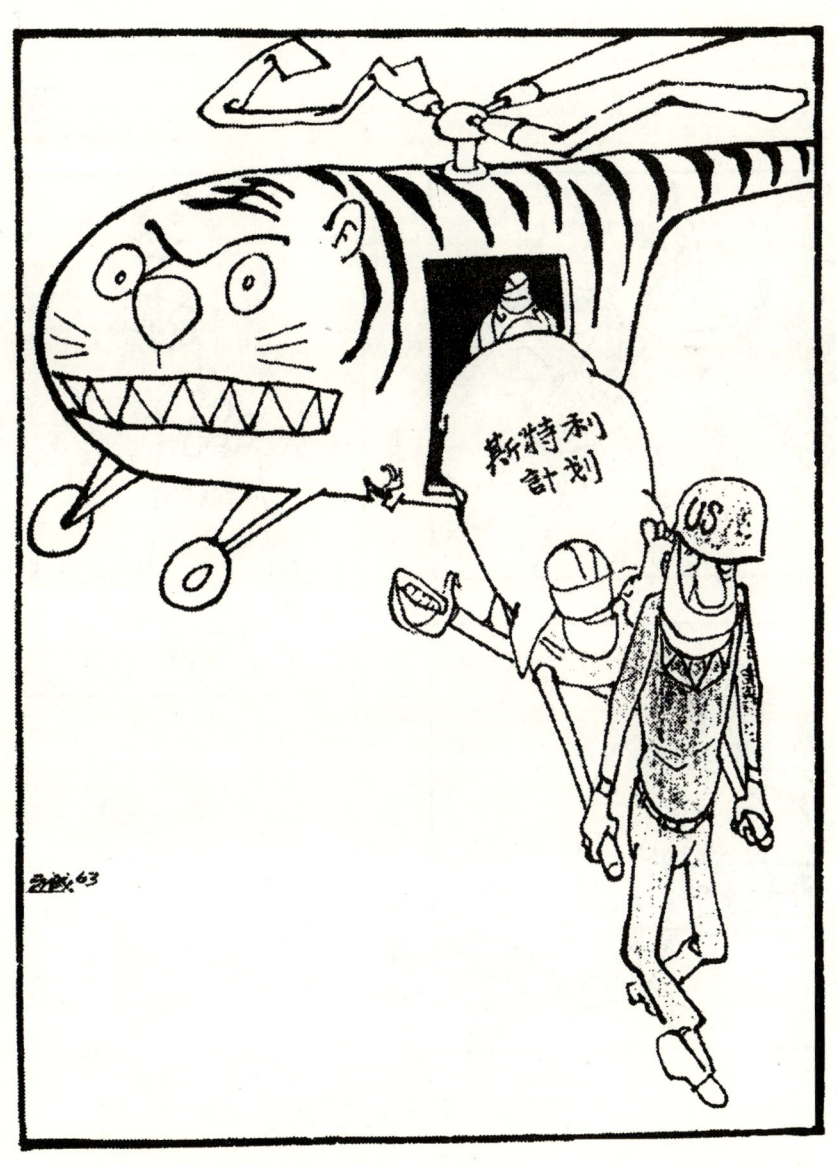

图61 美国老虎在南越（1963年3月17日）/方成

图 62　蹩脚的美国佬（1965 年）/ 方成

图63 艺术摄影/方成

图64 传统表情/方成

漫画为什么引人发笑

漫画我倒常畫，後来也寫雜文，無奈老寫不如人，到底資質還嫩，慣用諷嘲筆法，想學魯迅精神，寫得莊重又挺眼，可我沒那學問。

零叁年六月 廠

开篇语

什么叫幽默？或者说：幽默是什么？看来真是门大学问。早在两千年前，从古希腊哲学家亚里士多德到如今，研究的人不计其数。其中大名家就不少，如古罗马哲学家西塞罗，德国哲学家康德，英国哲学家托马斯·霍布斯，赫伯特·斯宾塞，弗朗西斯·培根，作家萨克雷和萧伯纳，法国哲学家昂利·柏格森，奥地利心理学家弗洛伊德，俄国哲学家、文学家车尔尼雪夫斯基，哲学家赫尔岑和别林斯基，中国的林语堂和鲁迅，日本作家夏目漱石等。无产阶级革命导师马克思和恩格斯也都谈过。著作出版不少，却是公说公的，婆说婆的。从我接触到的有关文字，其中共识不多，尤其是有关幽默的来源、特性，以及运用方法等等，还没见多少理论上的论述。学者们讲到的多是偏重于幽默的社会效用，心理分析之类。想弄清幽默的道理，学点运用幽默的方法，很不容易从中找到门路。

我画漫画，写杂文，几十年了，都是要运用幽默的，开始也不明白幽默到底是什么，而用惯了，也会一些，但只知其然，不知其所以然。后来又写相声，写喜剧小品和动画剧本，都离不开幽默，终于研究起幽默理论，出版了几本有关著作。这里我想从自己的实践经验

出发，归纳出对有关幽默的一些理解，同时也按照所归纳的道理继续运用在创作上。按照我的理解，将幽默在理论上归纳出以下几条：

1. 幽默源出于语言，因此是语言的一种方式。其特点是曲折、含蓄，引人意会，即使人思而得之。

2. 在艺术方法上，可用"奇巧"二字作简略的概括。"奇"是出奇，就是出乎意料，是主观想法和客观现实之间发生矛盾。"巧"是在矛盾之中又存在合情理、合逻辑的同一性，因此人们可理解；或是巧合得出奇，但也有情理可通，人可理解。

3. 矛盾是引人发笑的重要原因。其中最明显的是不协调，即不相称的矛盾，由此造成滑稽。滑稽是幽默之中的一个特点。尴尬相也是由矛盾造成的，也会造成滑稽感。

4. 讽刺在艺术方法上与幽默相通，使讽刺也具有幽默感。

5. 幽默和滑稽的区分，在于幽默是语言方式，滑稽仅是逗笑而已。而语言都有一定含义。

6. 幽默和讽刺可以说是用滑稽方式发言。

7. 幽默中常含讽意，讽刺也含幽默。幽默和讽刺不能截然两分。

这里不作详尽阐释，全用漫画为例，解释幽默的运用方法，从中可见出幽默的特性和艺术效果。

漫画最明显的艺术特性是：一、有语言功能，可作评议。报刊就使用漫画作评议手段，画政治讽刺画，在报上称新闻漫画，因为是作为新闻评论用的。二、有谐趣性，即滑稽、幽默和讽刺。报纸常发表幽默的、滑稽的漫画，以此吸引读者，既扩大了新闻传播面，也获得了经济效益。幽默画可笑，实际也带评议和表意性，可说漫画是一种语言形式。

一　不协调的滑稽

不协调、不相称，是造成滑稽最常遇到的现象，因此漫画创作常利用不协调的矛盾造成滑稽效果，这种滑稽，是幽默和讽刺中发挥艺术效能，使人感到有趣或嘲弄、讥讽，通称寓庄于谐。

例如《新潮小贩》（图65），一个卖冰棍儿的小贩，生意这么小，居然挂起引人瞩目老大的招牌，一看就不相称，便显出滑稽感来。

这当然是用夸张笔法画出的，是虚构景象。我在旅行中，曾见小溪旁一家小饭馆，也就有十来平方米大的茅屋，门口摆两张小桌子，几张条凳，却在门上横挂着很大的店名"滨江饭店"。在

图65　新潮小贩／方成

北京见过"北京饭店"和在上海见过"锦江饭店"的人,看了会觉得滑稽可笑的。但如果如实地把这景象画出来,艺术效果不大突出。所以,为了突出表现出这种不协调的滑稽,就须另想办法,虚构一个与之相类而矛盾更显突出的情节画出来。《新潮小贩》就是由此画出的。

在日常生活中,常可见到不少滑稽现象令人不禁失笑。这些事有的照样画出来,便成漫画,例如两人跳舞,男的又瘦又矮,女的又肥又高,看了便觉可笑。略作艺术加工,效果更好,如《看操季节》(图66),把看练操的人画得多,强化人数多少的对比更显矛盾。

图66 看操季节 / 华君武

一 不协调的滑稽

漫画家常按造成滑稽的常理,虚构情节,再画出来,最常使用的就是利用不协调的滑稽。例如国王和王后相打,看来就觉滑稽,因为在一般人心目中,王家很尊贵,居然和老百姓一样打起来,和他们的身份很不相称,就觉好笑了(图67)。

不协调使人感到是出奇现象。出奇现象可说是造成不协调的原因。事物一经夸张,自然会变形变态,变形变态自然会使人感到出奇,所以,夸张会造成不协调,不协调而又可理解,便会逗笑。所以在幽默滑稽作品中,总是常见夸张手法的。

有一种常见的心理现象,就是人的好奇。只要出现什么奇事,就会引起围观。为此漫画家把这种现象加以夸张描绘,使天上的神仙也和常人一样,见人往上看,他们也往上看起来,逗人发笑(图68)。这种有趣的艺术构思,就是出于幽默思维的创造。

图67

拳击竞赛在西方国家里是最能吸引男观众的节目之一,请看下面这幅画(图69),就是用夸张技法造成的奇景,电视中的一幕,把捉人的警察和被捉的犯人都迷得忘乎一切了。当然这也表明电视节目吸引人的魅力。

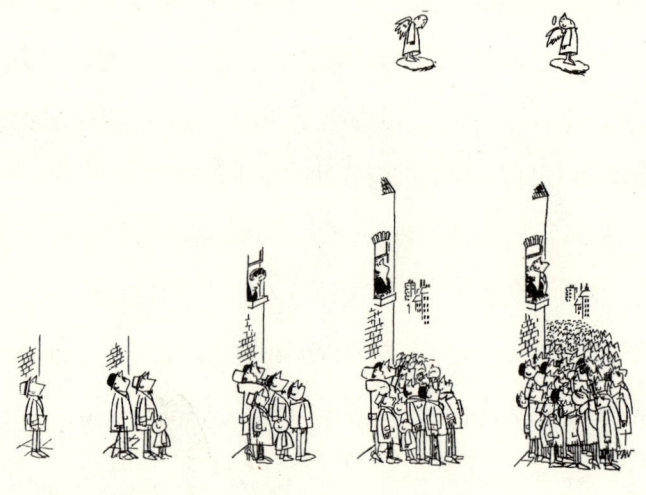

图 68

图 69

出奇而又合乎情理、合乎逻辑使人能理解，会造成滑稽感，漫画家就会在日常生活中设想这种出奇的虚构情节画幽默的画。在家庭生活中，男人常是想把一切家务事多推给主妇去干，自己只愿看书看报，把主妇放在一边不予理睬，这是家庭中很使妇女恼火的事了。这幅画（图70）就是夸张造成的奇景——甚至在丈夫入了监狱，妻子探监时，他依然如故，只愿看报纸，把来看望他的妻子冷落一旁。

图70 "塞西尔，你怎么一点也没改呀！"
（图中牌子上写着："监狱探视区"）

在讽刺画中，总是把被讽刺的对象置于被嘲弄的境地，画成可笑的丑角。英国漫画家大卫·罗（David Low）的《轻佻之举》（图71），讽刺美国看中了反民主的西班牙首脑佛朗哥。画中表现的是佛朗哥假充实行民主的，把他画成男扮女装，看来很不协调的滑稽相，以此挖苦美国和佛朗哥。

图71　轻佻之举／［英］大卫·罗

画中横幅是"保卫北大西洋民主制度"、"美女竞选"字样，桌上的牌子写着"美国裁判席"。从"美女"行列中走出来的矮胖子是佛朗哥，他手中卡片上是"西班牙"字样。其余的"美女"（从左至右）分别比喻英、法和北欧等国家和地区。"美国裁判员"被西班牙迷住了，巴不得马上把奖品送给他。

二　出奇种种

前面谈到不协调造成的奇相和夸张造成的出奇，这是在漫画中常见到的幽默、滑稽手法。如果再加分类，方式就多了，举例如下：

A. 颠倒造成的滑稽（自然是出奇的），图72是一种。画中表现的是西方顾客在中国馆吃饭，不会使用筷子。有趣的是，墙上挂着玻璃面的小箱子，里面装的是一把西餐用的叉子，箱子上标

图72

的字是,"如遇紧急情况,击破玻璃(取出)"。这种箱子平时装的是消防水龙,如遇火警,击破玻璃将水龙取出灭火。把这小小的吃饭用具当成和救灾的应急用具同样重要,这种小题大做,岂不可笑?这也是不协调的出奇。情节自然是虚构的,但对于吃饭时被筷子难住的食客,叉子正是"救急"之物,情理可通,这是奇中有巧。

图73画的是尊贵的国王,为了画像,让人把他像提一只鸡那样倒提起来,也可算是一种轻重颠倒之类(因和国王的尊贵身份不合)。但画成像扑克牌的样子,这样倒提起来画,也有合理之处,人能理解的。尊贵的国王干出这种孩子式的行为,自然是很不协调的,因为他的行为和他的身份不相称。

图73 画像/[美]奥托·索格洛

二 出奇种种

在漫画里,这种轻重颠倒的表现方法不少见。《一盘下不完的棋》(图74),把国际上很庄重的裁军谈判,画成两人玩象棋——显然无达成协议的可能,也得一本正经地不断在开会。夫妻小争闹,画成斗力相搏(图75),真是小题大做。在法国漫画家阿

图74 一盘下不完的棋 / 方成

图75 "又回来晚了,你过来!"

尔贝·迪布（Albert Dubout）的漫画里，故意把一对夫妇画成男矮小女肥大，就是为取得这种颠倒的滑稽效果开玩笑的（图76）。

在电话亭里打电话，结果变成不得不在电话亭外边打，而不打电话的人，却跑进电话亭里边去，这也是一种颠倒形式（图77），会造成引人发笑的滑稽感。

图76 ／［法］阿尔贝·迪布

图77

B. 想象出奇

在日常语言中就有不少形象化的说法,尤其是在俏皮话和讽刺话里更明显。人生气了,俗称"发火","气得冒火"。此外,"门缝里看人——把人看扁了","心胸狭窄","心宽","狼心狗肺","高飞了"(得意或地位高了之意),"死鬼要账——活该","武装到牙齿","三脚踢不出个屁来","一毛不拔"……都有想象因素,有的虽然听来很矛盾,不合理,但其中有情理可通,人们可以理解。例如人怎么可能看得扁呢?可一听也明白是什么意思。《钓鱼》这幅画(图78),画的是把鱼骨钓上来,事实不可能,但从语言就可理解:钓不出活鱼只能钓死鱼了,鱼只剩骨头,不就是死鱼

图78 钓鱼——"从你们工厂一开工,河里就剩这一种鱼了!"/方成

吗,用在漫画上,就更加灵活。印度玩蛇人吹小喇叭能把蛇引出,由此推想加想象,这种法术能把什么带形之物引得升立起来的(图79)。声音是看不见的,但在漫画上能画出来(见图80)。人们一看

图79 /徐鹏飞

图80 /〔英〕希尔勒

就理解，正如抽象语言的形象化那样，可以把生气画成头上冒火。计算机坏了，掉出来的不是什么零件，而是许多数字。一看就是画家想出来的奇事（图81），现实中不可能发生的，但看的人就会明白，这是表明计算机出毛病了。因为，谁都知道计算用的就是数字，由此推想，计算机出毛病，可说是数字出毛病了，出了毛病，可以画成是散落出来。这就是情理可通。有情理，人们就会明白，会理解，因有情理而为人所了解。在漫画创作中，是离不开想象的，因为想象能出奇。

　　想象可说是情理的延伸。缺情理的想象，胡思乱想，别人就不会明白是什么意思了。

图81

人类的想象空间,辽阔无边际,在漫画中就有不少奇思异想,以至于荒诞而又在情理中的。手电筒是照明用的,漫画家却想出照暗的来(图82)。因为猫头鹰在夜间最能看清楚,俗称"夜猫子"。照相馆里,摄影师从相机看到的人像是倒立的。在漫画中看到的倒立人像,却有所不同,显然荒诞出奇,世无此理,但又有情理可通,这才引得人发笑(图83)。更荒诞的是这位插翅学鸟想飞的人,还

图82 /〔法〕让·艾飞

图83 /〔法〕阿尔贝·迪布

二 出奇种种

没飞起来,却落下个大鸟蛋,使他大吃一惊(图 84)。看来似无此理,但从学鸟这一点推想,鸟的特性一是会飞,二是会下蛋。有心学飞不成,无意中学会了下蛋,正如常言:"有意栽花花不发,无心插柳柳成荫",人们看了会为之一笑的。

想得出奇的例子还有阿根廷漫画家卡洛伊的一幅连环漫画:岸上人见水中呼救的一只手,立即抛过长绳,把它救出,拉上

图 84

岸才发现，原来就是半条胳膊。这胳膊拍拍那人的肩膀表示感谢，然后和他握手告别。走了（图85）。这样离奇的故事十分荒唐，但人看了会理解，为之一笑。可不是吗，如果救上来的是一个人，他不就是按常人礼法，用手拍拍救命恩人的肩膀（西方人有此表示亲切的习惯）表达谢意，最后握手告别吗？看画的人会明白这是想象中的故事，但一切都合乎常情，自然会理解，

图85 ／［阿根廷］卡洛伊

为之一笑。幽默本来多出于想象，想得合情理，就会被人接受的。幽默讲奇巧，越是出奇而又见巧（入情入理），艺术效果越是动人的。

我画过逐日连载的连环漫画，画中人物是一位小市民"康伯"。此人特别俭省，小气。有一幅分四格画他因失眠去药房买安眠药。这种药每次须服两片，他为省钱，睡前只服一片。结果只睡一半，一只眼睡着闭上，另一只眼因睡不着，闭不上，张开着（图86）。这种画的想法自然不合实际，是想象出来的。但从逻辑上想却有理可循——人吃两片安眠药睡着了，就闭上两只眼，他只吃一片，只能睡一半，闭上一只眼。人们在开玩笑时，常用这种逻辑道理，

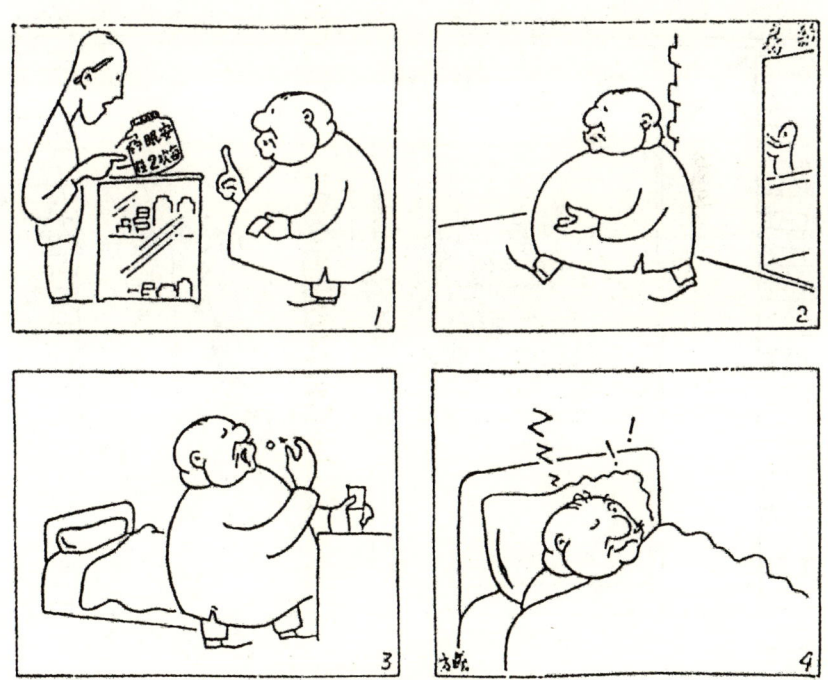

图86　半剂（康伯系列）/方成

说些不合实际但靠推理人们能理解的话,如说:"门缝里看人——把人看扁了","赵子龙浑身是胆","脑袋掉了,吃饭都不香啦",说什么秀才身上"有一股子酸味儿",等等。理发馆某天标明只"收半价",有人进去理发,请看结果如何(图87)。

这些漫画的艺术构思都很出奇,但虽奇却又有合乎逻辑之处,人们一想就明白,能理解,这才能接受,感到想得很巧,得到审美的愉快。这就是奇巧,有趣,把人逗笑了。这也就是幽默产生的艺术效果。

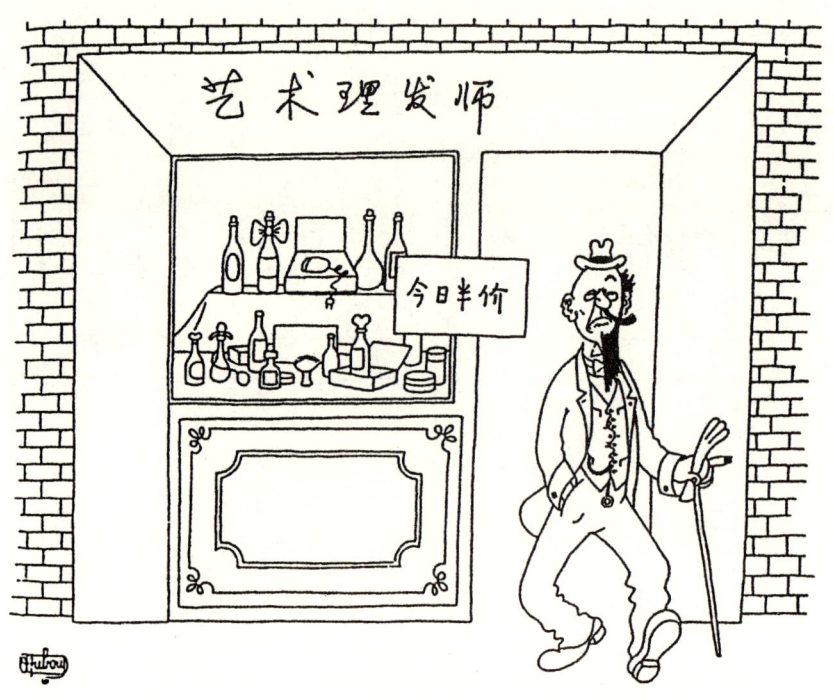

图 87

二 出奇种种

  这种漫画性质和说俏皮话一样,不是说出来,写出来,而是画出来的。

  有的漫画简直和说话完全一样,例如,常见商家出售什么商品,标明"买一送一"。如果就这件事开个玩笑,"买一送一",买什么,送什么呢?这就有"文章"可做:买一本书,送这本书的勘误册子——表明此书错误地方太多了。这不是很容易画出来吗?画出来就是一幅讽刺的漫画。这是幽默的人钻语言的空子,因为所谓"买一送一",可做两种解释,一种是:"买什么,送同样的什么"。另一种是"买一件,另送一件",可没说明送的一件是什么。幽默技法常是这样别出心裁给人以出其不意的效果,使人感到既有趣,又有所指。

  出奇,就为了出其不意。既出奇,又有理,尤其是有一定含义,这才显得巧,也有妙趣。

  漫画作为评议手段,讲究寓庄于谐,使人在一笑之间有所悟,以此充分发挥漫画的评议效用,也就是幽默产生的效果。

三　失常、出错造成的滑稽

　　人们共同生活，日久天长便形成某种共同的生活方式，共同的语言、习惯，并有许多公认的常情常理和逻辑性，而异乎常态和常情常理的现象，会使人感到新奇而笑起来。当然，使人担心和恐惧的事情，是令人笑不起来的。

　　前面谈到颠倒造成的滑稽，这是因为，事物一经颠倒，违乎一般正常形态和情理，看来听来都使人感到新奇，但又有一定情理使人能理解，这正是造成滑稽的原因。

　　出错自然是失常现象，在卓别林的影片中，就有不少以出错造成滑稽的表演。他扮演建筑工人，吃午餐在工地，趁升降机上落，把机上工人的午餐面包偷过来吃。再一次升降中，又把机上工人的一小块肥皂（黄色的）也偷了，以为那是黄油，顺手夹在那块面包里吃起来，引得人大笑，尤其看到他吃了肥皂，从嘴里吐出肥皂泡时那狼狈相更可笑了。在日常生活中，许多弄错了的事就觉得滑稽可笑，炒菜时不小心，把醋当作酱油使来，做出的菜不对味，说起来也会引人发笑的。看刘庆涛这幅画（图88），医生看病，常用电筒看病人的口腔，这位医

生看的却不对,当然反常出奇,看来滑稽。而这种出奇的动作显然有含义,一看就明白,这就是幽默了。漫画经常用这种反常的错误作为讽刺。

图88　第一步"诊断"／刘庆涛

《为人师表》（图89）画的是为人师的人，只会用道理教训别人，而自己却是应该被教训的。人们常发现，有些作为领导干部的人，只会说道理，却不愿自己按道理去做，即所谓："言行不一"，俗话说是："天桥的把式，光说不练"的人。"言行不一"是概括性的一句话，是抽象语言，抽象的话是画不出来的。要画出来，必须有具体形象，这就须想个比喻，想个生活情节，有人物活动，才能画得出。《为人师表》就是为此而虚构的情节。

图89　为人师表——"记住，要讲礼貌，给老人让座！"／方成

三 失常、出错造成的滑稽

英国漫画家画的《温度问题》(图90)也是用反常的错误来讽刺当年英国首相张伯伦和艾登对法西斯德国的希特勒、意大利的墨索里尼实行的绥靖政策,纵容了他们,使自己和盟邦吃亏。评议性的漫画,总是使被讽刺的人和事处于可笑的尴尬境地,以此进行嘲笑。这就是寓庄于谐。

图90 温度问题/[英]大卫·罗

钻进电冰箱的是张伯伦和艾登。张说:"我们必须极力使头脑保持冷静。"冰箱内最上一层写着"民主原则"字样。

漫画以笑作为艺术手段,漫画家自然也会借用造成滑稽的手法开开玩笑,表现自己的幽默感和幽默技法。于是反常的失误,便常用上作为取笑方法。《看望病人》(图91)画的是一位妇女来看病人,这位病人全身包扎,头和脚都裹得很严实,她看错了,把病人的脚看成他的头了。

图91 看望病人/"你好点儿了没有?"

三、失常、出错造成的滑稽

袁国镇的《交换场地》（图92），也是漫画家虚构的，以失误造成滑稽的一景。也可说是两人有意做玩笑的动作，把电视中篮球比赛的交换场地，当成是这两人也交换场地了。

法国漫画家让·艾飞的一幅画更有趣（图93）：木桩上拴着的羊，当成是它在看守木桩呢。在连环漫画里也常运用错误造成

图92 交换场地／袁国镇

的滑稽，构想有趣的情节，如美国漫画家乔治·贝克这幅画（图94）：这位倒霉的赛克因看体型估计人的地位轻重，看错了人，把长官和小兵看颠倒了，闹出笑话。这是失误造成的滑稽，也是因失误显出尴尬相造成的滑稽。

图93 ——"他们是信任我的！你看他们给我一根小木桩让我看管着。"／[法]让·艾飞

图94 弄错了／［美］乔治·贝克

四　由奇谈到巧

　　人为什么会笑,这是心理学家研究的课题,我只能凭自己的生活经验,谈个人的感受。在世上生活几十年,所见所闻自有所感。鸡司晨,狗守户,谁都知道;反过来,使狗司晨,鸡守门,谁也知道是不合鸡狗天性的。人也有人的天性,别的不说,好奇就是很明显的一种吧？走在街上有时就会看到,什么人偶然摔了一跤,就会引起许多人跑过去看,甚至围观不走。到水族馆参观,谁也不会有多大兴趣去欣赏常见的鱼虾,而是抢着去看奇形怪状的深海鱼类。好奇,引起人的一种兴趣。这奇是日常生活中发生的偶然事件,如果在这偶然事件之中,有什么东西引起人的联想而有所感,有所评,在特定情况下就会激人发笑。什么特定情况呢？有学者研究过,认为人的这种笑之中,含有自满自傲的情绪,是自觉站在高处评价地位的。这里指的是幽默的笑,西方习惯上把逗笑的均称幽默。这是说,人们对这种出奇事的发生,不以为然地给以贬义的评价,因而自觉处于居高临下地位而得到内心的满足而发笑。正如看到一个富有的吝啬鬼因丢失三角钱而暴跳如雷,便觉自己不会干这种丢人的蠢事而自满一样。讲得再详尽些,对

四 由奇谈到巧

滑稽感可以解说是：人们见到不协调或失误现象，都因和生活中人所共识的常情常理或常态不合，又明知这种失误是人都可能犯而自己未犯，因而给以贬义的评价，得到内心满足而发笑。

有人用八个字解释滑稽和幽默的特点："意料之外，情理之中"。我则用"奇巧"两字作简捷的概括：奇是出奇，巧是又合情理。出奇自然出人意料。

但是这"巧"字还另有含义。

在日常生活中人们常会感觉到，做什么事做得熟练，就会灵巧起来。俗话说，熟能生巧。做得灵巧的动作，看起来总会使人感觉比较美的。常看体育运动的人会有这种感觉：篮球打得好的，动态就好看，有美感，也令人赞美，佩服。大凡做得巧的事，说得巧的话，是会有这种魅力的，因为别人想做却不容易做到。看来想来也出奇，有趣。巧合的事，出之偶然，也会令人感觉兴趣，因为平时见不到，有出奇之感。有一天，我在胡吉青老人家见到一只猫，脸是白的，鼻子下面有一点黑斑纹，一看我就笑了，因为很像法西斯德国首脑希特勒的样子。这种偶然的巧合，使人不禁失笑，即有巧得出奇的滑稽感。一个高大的人敲门，开门的是个又矮又小的汉子，这种恰恰相反的对比，也会使人有巧合之感，这属于另一类的巧合，也显滑稽。在漫画中就有以巧合构思的幽默画，如图95。唇下留胡子的人有很多，属平常，不出奇，不显滑稽。但出现如画中所见这样的场合，就奇得有趣了。图96又是另一种巧合。原是各不相干的两幅画，一前一后，这种景象恰如行猎时的一般，这种偶然的巧合，平时见不到，就显得出奇可笑了。

图 95

图 96

四 由奇谈到巧

图 97 是利用语言的巧合想出的滑稽。《三国演义》中周瑜打黄盖是有意做的苦肉计，用来骗曹操上当的。这故事在民间广为流传，因此民间有句俏皮话："周瑜打黄盖——一个愿打，一个愿挨"。图 97 就是以这句俏皮话为题，取得巧合效果的。画中情景和三国故事中的情景完全不同，却用相同的语句相称，便属一种巧合了。

在日常语言中，同样常用巧合的滑稽，如"向钱看"之合于"向前看"，"妻管严"之合于"气管炎"，"三点干部"说的是"吃

图 97　一个愿打，一个愿挨／方成

点,喝点,拿点"的那种到处吃喝的干部,用的是谐音、双关技法。所以幽默和讽刺,都有以滑稽方式表达的特性。

在漫画作品中,还可见如图98这样的巧合技法。在足球运动中,是以射中球门之次数决胜负的,但看这幅画中的二比一,却非射中球门次数之比,但恰巧也是二比一。这是标题上的幽默。射中球门和砸破了的窗孔不是一回事,但数目二比一却恰巧相同。

巧既有手法动人的魅力,自然会成为漫画创作艺术构思中很重要的、甚至是决定作品艺术功效的重点,一般称之为"窍门"、"点子"。许多漫画题材,尤其是表现什么思想、观念的,而这思想、观念是抽象的,画不出来,就须用比喻来示意。比喻就是一种能使人理解的巧合。能想到巧得出奇的比喻,越奇越能动人。刘庆

图98 二比一

四 由奇谈到巧

涛的漫画《分工》(图99)，讽刺那种在工作中趋利又逃避责任的干部，所用的比喻就很巧。趋利避责的人不少，也常见，但"趋利避责"是一种概念说法，画不出来，只好用比喻来表现。如果画成一个人见了好处就抢，见了工作责任就远远躲开，岂不成了图解？图解式的画很难出幽默感和讽刺力的。捷克漫画家派克（Pelc）的

图99 分工 / 刘庆涛

漫画《取暖》，将法西斯首脑希特勒无望的"胜利"叫嚣，比喻为毫无暖气的火炉，来安慰手下的败将，也是想得奇巧动人的。这样的艺术构思，既有趣，又讽刺尖刻（图100）。

用漫画来表现哲学思想，就更有必要用比喻，因为哲学思想都用抽象理论语言，如找不到形象化的解说，那是很难画得出来的。

图100　取暖／"胜利，胜利！"／[捷克]派克

四 由奇谈到巧

比如讲真理,有相对真理和绝对真理。真理是抽象概念,怎么画出来呢?看《天在哪里?》就有助于理解。谁都知道天是在上面的,带翅膀的鸟和飞机在上面飞行,人们也就认为天总是在上面,是绝对真理。看这幅漫画可以使人知道,天并不一定是在上面的(图101)。这是借用画面给人以启示的比喻,只有漫画构思才想得出来,一看就明白。这种形象与抽象理念的巧合,产生奇巧的艺术效果。

图101 天在哪里? /方成

在漫画艺术构思中,用巧的方式多得很,这里只能以几幅为例。《创世纪新篇》用人所周知的神话和童话式的表现方法,表现歌颂性的内容。神话和童话中的神仙在天上,与日月星相伴,这幅画恰好利用几颗星来赞颂新生的中华人民共和国(图102)。

在社会生活中,有许多人情世故,用漫画表现出来,一个画面,无须解说,连标题也不用,显示得很清楚。例如向什么人救助,

图102 创世纪新篇/[法]让·艾飞

或求职，或借贷，让别人加以援手，其结果总不会像小孩子那样干干脆脆表示可否。图 103 画的就是一种常见的状态。作否定答复的人，话说得很多，理由种种，摆出不方便的苦衷，或作出虚而不实的承诺，如此等等，使人听了就明白，其要点就是一个字："不"。这幅画的结构就是将此人说出的一片言词和结论的一个"不"字巧合为一体。

图 103 ／［美］索尔·斯坦伯格

人到老年，眼花了，须借助眼镜才看得清楚。这种视力的衰退，自属常情。在漫画家看来，也会成为有趣的漫画题材。图104就是用奇巧的画面显示画家的幽默感。人怎么把眼睛贴在眼镜片上去呢？一想就明白：这眼镜实际上成了老人的眼睛，不靠它是看不见什么的。奇在老人无目，却也使人理解，所以有滑稽感。这幅画的艺术构思，就是把人的视力和眼镜的功能巧合，造出一种出奇的景象，又可理解，便显滑稽。以滑稽表现一种看法，一种常情，这属于幽默，不是只逗人一笑毫无内容的滑稽了。

图104　无题 / 韩羽

五　尴尬的滑稽

在社会生活中，人们常会在某种情况下处于无可奈何的尴尬状态。这种困境，可说人人都会遇到，因非常态，就有可能造成滑稽感——当然，须对己、对讽刺对象都无伤害，才会有令人发笑的滑稽感。

人的一生，总会遇到不止一次的尴尬。如一时认错了人，把一位陌生人误认为多年好友；把一位留长发的男士误认为女士，称他"小姐"；赌什么输得精光；在饭店吃过饭后才发现忘带钱了；眼看被讽刺对象暴露他想隐瞒的真情；等等，都会逗人发笑的。这是因为尴尬都是一时发生的特殊状态，自有出奇效果，出奇见巧，便会造成滑稽感。

图105是画家在香港所

图105　／［法］查博

作的风情戏笔。洋车夫为讨个好价钱，故意狂奔地拉车，使手抱瓷瓶的乘客不得不大呼，答应车夫强索的高车费。从画上看出，显然是虚构的夸张描绘，以突出刻画乘客的尴尬相，以此滑稽感使主题显得格外分明。

图106 表现生活中一种常情。男人出外常会忘记随身带上开门的钥匙，深夜回家受困扰。这幅画为强化此人的尴尬处境，用夸张的构思，把他画成从门上为猫出入开的小洞伸进头来，喊他的夫人来开门。尴尬相的强化处理，自然使滑稽感更加突出，增添艺术效果。

图106 "又忘带钥匙了，乔治？"

图 107 画的是一间杂乱无章的客房,是一种造成尴尬处境的描绘,使新来的客人无可奈何。在对话中,英语 at home 是"您别客气"的习惯说法,而这两个字又作"在(自己)家里"之意,看来是画家使用双关的幽默用语,更觉有趣。

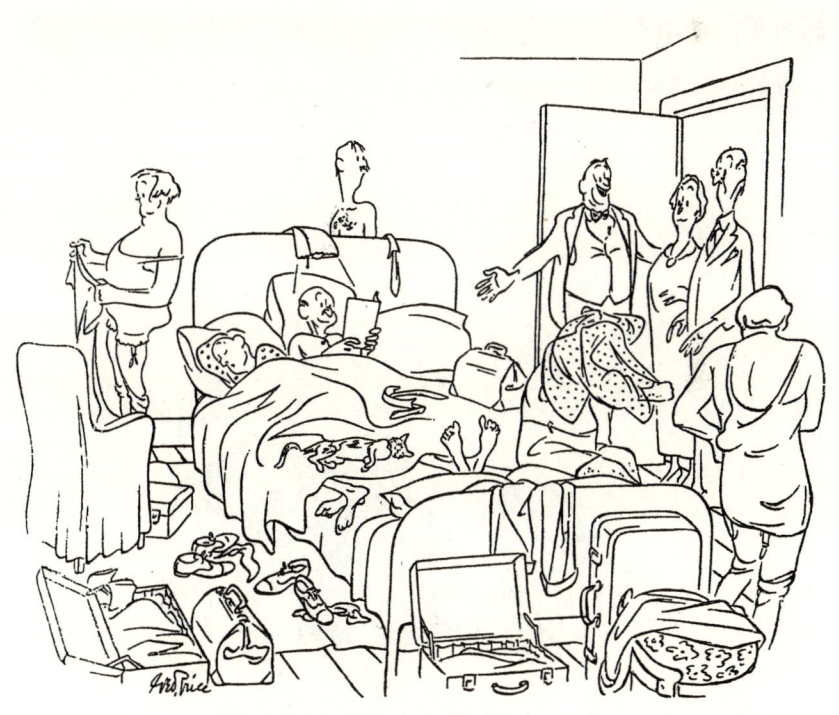

图 107 "这是客房,别客气,就当自己家吧。"

图108 则是以颇为含蓄的手法表现一种人的尴尬处境。西方教徒结婚在教堂请牧师为之举行正式婚礼。礼仪中牧师必向新婚夫妇各问一句:"你愿意做她的丈夫吗?"和"你愿意做他的妻子吗?"两人必须回答"愿意",婚礼才算完成。从这幅画上看出,新郎正在踌躇,被新娘强迫要他说"愿意"呢。由新娘的动作让人意会到,新郎是被迫结婚的,正在婚礼中处于尴尬境地。也可理解为新郎憨拙,不知此时须立即说出该说的一句话"愿意",使新娘不得不用粗暴方式提醒,但艺术效果是一样的。婚礼很严肃,新娘的动作却很不协调,看来更可笑。

图108

五 尴尬的滑稽

幽默的连环漫画最常运用尴尬的滑稽获得动人效果。图109是瑞典漫画家雅各布生（Oscar Jacobsson）的长篇连载连环漫画《安得生》中的一幅。安得生是个小人物的角色。这种角色社会地位低，是处于受轻视受压迫地位的，也就是常处于尴尬境地的人物。虽然同样可借用这种角色做其他表演，但利用尴尬的滑稽来表现，更为方便。

图109　自己干／[瑞典] 雅各布生

图110更是明显表现尴尬的滑稽作品,不须讲解,一望而知。在讽刺画中,总是将讽刺对象做丑化的描绘,自然会使之处于尴尬境地,并以此种滑稽取得寓庄于谐的效果。

图110 粘蝇纸/〔丹麦〕皮特斯脱鲁普

五　尴尬的滑稽

图111刻画入侵者的失败显出尴尬相，对他进行嘲笑。这是在战斗中常用的一种表现手法，以此长己方志气，灭敌方威风，经常是配合新闻发表的漫画作品。

大卫·罗把希特勒画成像梦游者，率领大军走上前线，把他的姿态画得很可笑，这是一种丑化方法，使他在大众面前处于被贬抑的地位（图112）。

人遇到麻烦，处境难堪，会显出尴尬相。若势态更加不利，

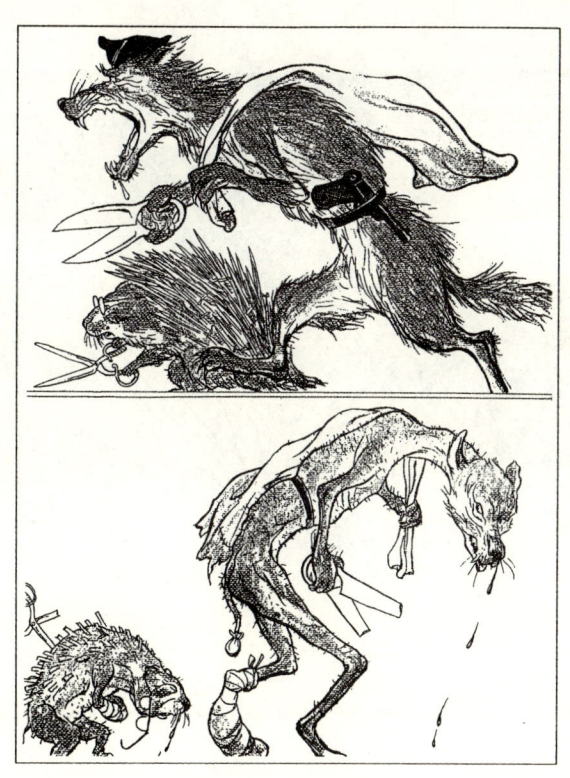

图111　有来无回

无可挽回，则狼狈不堪，甚至出丑。在敌对性的讽刺画中，总是把讽刺对象置于狼狈以至出丑的境地，加以嘲弄。讽刺画是以笑作为艺术手段的，对讽刺对象是用嘲笑来加以贬低，也以此出他的丑。看图112中，希特勒的面部并没有画得怎样丑，但把他的动作画得很可笑，由此显出讽刺的效果，因为这种动作和疯子一样，岂不滑稽。希特勒当时确实是急得发疯了，由此可知他无可挽回的败局。讽刺须说理，有理才能使人信服。

图112 "将来要靠我的直觉来引导军队。"／[英]大卫·罗

六　机智出奇

　　人的一生，免不了遇到种种困扰，身陷其中，不易解脱。有人却能灵机一动，使用某种方法顺利地脱出困境。机智地解决问题，总是出人意料的，而使用的方法又为人所理解，便有滑稽感，令人发笑。因其难能，在笑之中是含有信服赞佩之情的，和其他种滑稽有所不同。有人也用机智取得他所希冀的成果，机智的方法是难度大的，居然成功，自是出奇，方法又为人所理解，也觉滑稽。人们多爱听这种机智的故事，比如小偷和小骗子的一些笑话，又如政治家机智地回答记者的问难等等。我看过一本书上写的故事：美国总统罗斯福年轻时是个军官，他的好友问他某潜艇基地的事。这是军事秘密，不能说，但对好友直接不答又有所不便，于是有这样的对话：

　　"你能保守秘密吗？"罗斯福问他。

　　"我能。"好友以为回答能保密，罗会告诉他的。

　　"和你一样，我也能。"罗回答。

　　一听这话，好友笑了，不便再问。

　　在漫画中，表现机智和幽默的滑稽，多用连环漫画，因为机智行为有个先难后顺的过程，用单幅画不如连环画那么便当。图113画的是孩子的机智，画上很清楚，一望而知。这种画用的画面略多，有的画面少，如图114。这位老人受老鼠活动的干扰，就想

图113 驯狮／乐小英

六 机智出奇

图 114 /〔波兰〕兰格仑

个办法使自己安静下来。画中情节自然是画家的虚构，可合乎情理，看来就可笑了。在动画影片中，使用机智的情节很多，一则逗笑，对爱看动画的孩子们也有启智的作用。著名动画《白雪公主》里的七个小矮人中，就有这种滑稽情节。在《猫和老鼠》里面就更多了，处于弱者地位的小老鼠就常用机智避开大猫的追捕。用单幅画表现机智情节的所见很少，图 115 可算一种。这个小偷采用假残臂的办法在公共汽车上行窃，看来有趣，因为这种行为方式出奇，但又有可能，人们能理解。

图 115

七　奇巧的设计

漫画是谐趣性的艺术。世上有各种引人发笑的趣事，漫画家会创造出谐趣可笑的艺术品。他们运用产生滑稽感的道理，作出逗人笑的漫画，还设计出滑稽可笑的东西和出奇有趣的场景。他们是按照奇巧的要求设想的，要出奇才能出人意料；但又须合乎情理，合乎逻辑才会出滑稽感。

图 116 画的是一个人手拎着提包。这也是哪里也没见过的提包样式，想来却挺有趣。这样的设计使人联想到平常人间的关系。亲人或友人相见习惯于握手表示亲热，看了这幅画上的提包，显出那个人和他这提包的亲热劲，多有趣呀！

图 117 的设计，真算得异想天开的聪明。谁都知道一件相当普通令人不耐的现象，就

图 116

七 奇巧的设计

图117 无题——"为了开短会,我们把开会地点选在这里。"/ 朱长青

是开会上的问题。我们许多机关、单位会议之多,恐怕任何国家不大有的。必要的会自然必须有,是不可免的。有些会可开可不开,有问题可用其他办法解决,但领导人还是习惯于开会。如果会前准备妥当,这还算好,而常见的却是准备不足或毫无准备,来了再说,会议进行不但无成果,又耗费很长时间,既浪费,又使人疲倦不堪。有什么办法使会议时间短而又实实在在地解决问题,做好工作呢?漫画家就出了这么个主意,把会场设在火车道上。看来离奇可笑,但合乎情理。你想,在这种会场上开会,就必须事先作充分准备,以期在最短时间内把该讨论的事安排好,商量好,做出有效的结论。

  在讽刺画中也巧用设计的手法。例如，有些机关工作人员，很不负责任，有事能推就推，不愿自己动手去做，只上班，不干事。图118就是用夸张法为这种人设计一件对他们很有用的设备。有了这件东西，上班时可以连手都不必动，事情就算办妥了。这种投其所好的设计，把这种工作态度恶劣的人得其所哉的神情表现出来，取得奇巧的讽刺效果。

  有的设计看来简单，却有令人难忘的艺术魅力，例如图119。看来出奇，但合情理，就有滑稽感，并显示出画家的幽默情趣来。缺乏幽默感是很难想出这样令人失笑的画面的。我想，只有幽默感和想象最出众的人，才想得出动人的奇巧设计。这类作品数量之少，就是一个证明。有的讽刺画就近乎这种奇巧设计，例如图120。

图118　公事公办／方成

七 奇巧的设计

漫画创作之艺术构思要求奇巧，求奇，使人想入非非，却更难在这个"巧"字。这也就是在矛盾中的统一之处。主观想法和客观实际发生矛盾会出奇，但在奇之中却有合情理之处，或按逻辑言之成理，却是不那么容易想出的。所以人都会承认，幽默出于智慧，是创造性的产物，因此会有美感，是一种艺术。

图 119　本产品质量达到百分之五十／林禽

八　矛盾的艺术

　　漫画是和其他种绘画不同的,区别很明显。有水彩画家问过我:最明显的区别是什么? 我说:"你看什么顺眼画什么,我是画新闻漫画的,和你相反,看什么不顺眼画什么。"新闻漫画是讽刺性的多,我画的是讽刺画。讽刺画是对种种问题的评议,自然因看到问题才画的。评论什么,就得先看出矛盾所在,也就是先找出问题来,找出矛盾才作分析,作出是非的判断,然后把自己的见解表现出来。漫画最常用的艺术手段是寓庄于谐,形成它的主要艺术特色。谐是有趣,也就是有滑稽感。滑稽出于奇巧,求奇,就是使人感到主观想法和客观现象的矛盾。看着很顺眼,想着也顺心,哪会有矛盾呢? 所以说,我画讽刺画的方法,是先找出矛盾,然后利用矛盾造成滑稽感,作出幽默和讽刺的作品来。讽刺和幽默在艺术方法上是相通的,讽刺也幽默。

　　漫画不止讽刺画这么一种,其他作品是否也同样是如此矛盾性的呢? 我想应该是的。因为谐趣是漫画的一个很鲜明的艺术属性,总得有滑稽感,俗话说是有趣。要使之有滑稽感,须出奇才能使人出乎意料,觉得有新意,那么,在创作构思中就须想到有

八 矛盾的艺术

出人意料的奇，也就是使人的主观想法与之发生矛盾，意即和人所共识的常情常理常态有所不同。这是先有矛盾的构思，然后就设法运用矛盾法则想出奇而又巧的表现技法。比如说，看到路标是画成以手指向医院的，这才灵机一动，想一个与之不同的出奇构思（先想到要出奇，即与原来路标不同），还要有趣的设计，这才使他想出画个受伤的手指（图120）。

如果从创作方法来说，对奇巧的解释，可说奇即矛盾，巧即矛盾之中有所协调，既矛盾又可协调。协调意即合乎情理、合乎逻辑，或可言之成理。我对前面提到的图86解释过，说吃了半剂安眠药只能睡一半，闭上一只眼睛。事实上不可能，却可言之成理，人们看了才能理解并接受。图87不也是事实上不可能出现，但也言之成理，人们能理解，看了才会接受，会被逗笑了吗？想

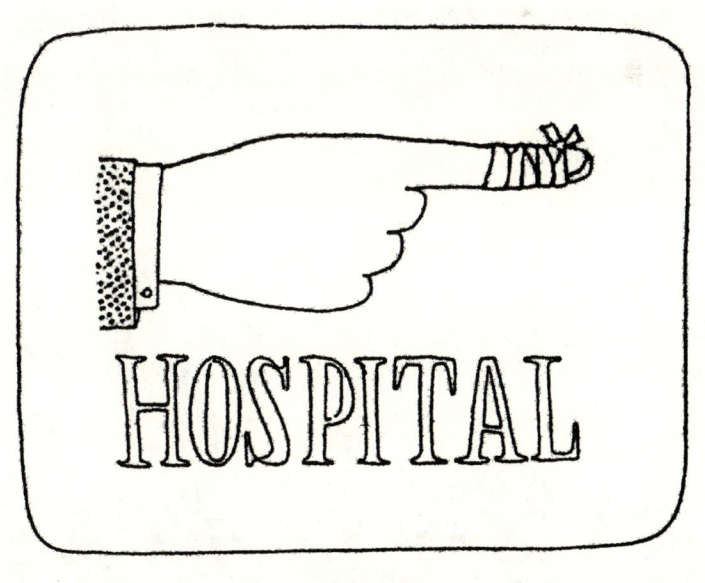

图120　（图中英文是"医院"）

象和推理的能力,人们从儿童时期就有,否则嫦娥奔月、牛郎织女、月下老人等这些动人的神话传说也就不会流传千年了。图85这幅画,想法那么荒诞,画得那么离奇,谁会相信是实有其事?但情理上是可以理解的,看了都会会心一笑。

所以,从事漫画创作,先找矛盾,想矛盾,从生活上去找,思想上去找。在表现方法的构思中,为了利用矛盾造成滑稽感,自然也找适当的矛盾来用。因为夸张是一种出奇办法,也成为制造矛盾的办法,漫画就处处使用夸张。失常、反常都是和常情常理矛盾的,就成为漫画创作题材和方法上常见的了。讽刺画是从日常生活中和社会新闻中找矛盾作出自己的分析和判断,然后画出来。幽默画也同样从日常生活中发现矛盾,从中想出造成滑稽的情节,再画出来,甚至想出荒诞得出奇的情节,例如图72、图75,尤其是图83,显然是凭想象的构思画出的,不运用想象力,这一类的作品难以出现。

九　自相矛盾的滑稽

漫画题材从矛盾中来，最容易引人发笑中的一种是自相矛盾了。听过侯宝林的相声《买佛龛》的人，可说无人不会记得这段相声最后"攒底"的一句了。几句对话如下：

甲　"大娘，出门儿啦！哈……买灶王爷啦？"这不是好话吗？

乙　是呀。

甲　老太太不愿意了。

乙　怎么？

甲　"年轻人说话没规矩，这是神像，能说买吗？这得说请。"

乙　啊！

甲　"哦，大娘，我不懂，您这神像多少钱请的？""嗐，就他妈这么个玩意儿，八毛！"

老太太一心疼钱，也骂上啦。

这位老太太把纸上印的佛龛看成神，非常尊敬，买佛龛必须说去"请个佛龛"来。可是当别人问她是花多少钱"请"来的？

这位老太太因花费太贵,心疼花那么多钱,无意中脱口而出,对她尊敬的佛龛骂开了。这样的自相矛盾把听众逗得哄堂大笑。

在漫画创作中也照样运用自相矛盾造成滑稽,其中很动人的作品有德国漫画家卜劳恩的《父与子》中的一幅。这位父亲带他儿子去治牙病。为解除儿子的恐惧,父亲做出勇敢姿态,坐上椅子让医生看他的牙,假装要做手术。岂知医生发现他的牙也有病,想为他动手术时,他也怕得跳起来(见图121)。前面提到的《为人师表》(图89)也是运用自相矛盾的表现所作的讽刺画。画中的教师一本正经地在教训学生,要讲礼貌,给老年人让座。但是他

图121　父与子系列/〔德〕卜劳恩

九 自相矛盾的滑稽

自己却恰好不肯让座,自己说的和他自己所作所为正是自相矛盾,使自己陷入被人嘲笑的境地。《求职记》是我作的连环漫画《乔大叔》中的一幅,是在上一世纪60年代画的。画中一个老人劝乔大叔不要吸烟,必须戒掉。后来老人失业,不得不为一家商店作劝人吸烟的售烟广告,以此谋生(图122)。

这种自相矛盾的题材,很容易编成动画影片故事,表现什么人设下陷阱,结果陷进去的却是他自己。在讽刺画中也会使用这种手法,例如画什么人说话前后恰好相反,画成他自打嘴巴,或画成此人一分为二,两个同样的人互相斗殴,看了都觉得滑稽。

图122 求职记(乔大叔系列 1960—1961)/方成

十　预期之逆应

这是借周谷城先生的一句话为题的。

做什么事，其结果总会有事与愿违，出乎意料得使人败兴的情况，在讽刺画里就有这种画法。为取得奇巧的艺术效果，在创作构思中，常有意把人们的意料引向与结局恰恰相反的思路上去，结局使人产生主客观的矛盾尤为尖锐，奇巧突出。例如有人问："打枪为什么要闭上一只眼睛？"正常的回答自然会是："因为打枪瞄准只能用一只眼。"但回答却是："因为闭上两眼就什么也看不见了。"这答案很奇怪，虽不合实际，但又合理，说得通，想来才觉有趣。中国也流传同类的笑话。一个汉子大冷天睡觉只盖个夹被，有人问他："天这么冷，你怎么还盖夹被呀？"按常理一般总会回答："没带棉被"或"懒得找棉被"或"不愿盖棉被"等等，但回答却是："因为单被太薄。"

漫画创作同样要找类似这样的奇巧结果，设法把人们的思路引向另一方向，然后来个大转折，作出令人大出奇的结局来。看图123，人们会以为这位老教授可能把树上的球捅了下来，但结果却是丢了一把伞。这结果很不容易想到，这才显得奇妙。更觉有趣。

连环漫画《安得生》中的一幅,构思更出奇。安得生单身生活,袜子破了得自己去补,这不是男人所长的活,就想和已婚家庭那样,袜子可由妻子来补,于是他结婚。其结果依然是补袜子,不是他妻子替他补,而是他得替妻子补袜(见图124)。这种艺术构思的

图 123 /［波兰］兰格仑

路子,就是设法把看画人的估计引向一般习惯上正常的方向,最后出现恰与之相反的结局。图125的艺术构思与此相近。打火机失灵,打不出火,点不燃烟,气得把它扔掉,不料落地后反而碰出火来,把不该燃的窗帘烧着了。该出火时出不了火,而不该出火时反而出火了。这正如侯宝林的相声《夜行记》里说到他那辆自行车"除了铃不响,它哪儿都响"——该响的不响,不该响的反而响了。这是幽默构思中很奇妙的一着。

德国大哲学家伊曼尔·康德对幽默的笑解释说:"笑是紧张的预期忽化为乌有时之感情。"后来周谷城把他这句话用"预期之逆应"这五个字作简洁的概括,看前面那几幅连环漫画就清楚了。

图124 结婚前后/〔瑞典〕雅各布生

图125 纵火者/［丹麦］皮特斯脱鲁普

十一　曲折、含蓄

　　幽默源出于语言，是奇巧运用的语言方式。它的特殊之处，也就是其艺术化的方法，是用曲折、含蓄方式表达，使人意会，而不是直叙式的说法。如说"我一个人吃饱，全家不饿。"人一听就明白，他是单身生活的。

　　漫画有语言功能。我们常见的漫画，其实也是一种画出来的，或画与文字协同表现的语言。因是曲折含蓄地表现，使人在一笑之间，有所悟而得其意。也正因为曲折之奇巧令人发笑的。我们常见的漫画，主要是两种，一种主旨在表示对问题的看法，用讽刺方式，叫讽刺画。另一种旨在于娱人，显示画家的幽默，叫幽默画。两者的表面形式似有意逗笑，但同时使人理解其中含义，这就是它的曲折含蓄的特色。传统国画常论及一种意到笔不到的笔墨技法，物象中有的部位看来虽然没用笔墨画出，但使人感觉出了。在漫画创作中，也使用这种虚中有实，使人意会的表现手法，或如拐着弯说话那样，一想就明白。图126画着一男一女，女的屁股上有个手印，男的屁股上有个足印。无标题，无对话，看的人会理解其间有个活动的情节，可没画出来，意思很清楚吧？

再看《电视剧本在创作中》(图127),画的是几个人围着一张双人床在构思,要写什么的。这也是想使人意会的含蓄画法。估计读者会理解的。

图 126

图 127　电视剧本在创作中 / 方成

李滨声的《前车之鉴》(图128),用的也是曲折表现方法。画家不是直接画出骑车不扶把终于会出祸,而是用另一位骑车人的形状和他说的一句话来使人意会的。图129是一幅连环漫画,三个画面。调查人来问那妇女:"有多少孩子?"第二画面那妇人没画出来,看出是进屋里去了。第三画面妇女出来了说:"十一个。"

图128 前车之鉴——"扶着点吧,昨天我比你还神气哪!"/李滨声

十一 曲折含蓄

人看了会想得出，有个意思没画出来，是使人意会：这位妇女生孩子太多，多得连她自己也不记得有多少了。能令人看了，再想一想，咂摸出味儿来的作品，会更觉有趣，这也是一种含蓄手法，如图130。这里面有巧合的美感。从画上看来，这小孩子没吹喇叭，但声音却看出来了。瞧缝纫出的那些曲线，不正是吹喇叭声波高低的曲线吗？这正是奇巧艺术的妙处。

图129 "有几个孩子？" "11个。"

图130

图 131 也是意到笔不到的虚中有实的表现技法。一看便知,有人喝醉了,可画面上没一笔去画他,而是用酒店服务的人去点出来。有趣的是此人还在问:"够了吗,先生?"

图131 "够了吗,先生?"

人们会从此人之所问,推想到其中的含义。

图 132 也是一幅令人意会的幽默画,显然是凭想象而来的一种场景,见画中人都处于饥饿困境,读者会推测出两人耳语的内容。看似黑色幽默,但也反映一种社会人情,而旨在逗人一笑。漫画家总是喜好用漫画发挥他的幽默感和创造力的。

图132

十二　大转折的滑稽

有些势态的突然转化，出人意料，会有令人发笑的效果。例如由大变小，由白转黑，由明转暗等等，在一定条件下，显出滑稽感来。男女两人在暗中刚要亲吻，电灯突然亮了，能不引人笑起来吗？像这类的大转换、大转折，既然有可能造成滑稽，漫画家自然会用在漫画创作上。在卜劳恩的漫画中，图133是一个例子。画中这儿子把墨水洒在一块布上（或地毯上），闯了祸，可他

图133　艺术之赐／［德］卜劳恩

见墨迹有点像个小动物,就再蘸墨水把它画得好些。父亲开始见他闯了祸,拿条小棍子要来惩罚他,但父亲也喜爱画,不但不打,还高兴地两人在一起画开了。这是由怒变喜的大转折。

更动人的是图134。儿子踢球把玻璃窗打破了一个洞,怕挨打,逃了。父亲想打他,后来发现很久没回来,怕出意外,非常着急。好容易这儿子又踢个球来,打破了两个洞,父亲见儿子回来了,不但不生气,反而高兴地把他抱起来。这幅画的处理更加精巧。儿子打破一个洞使父亲大怒,但后来打破两个洞,按逻辑推理不是更怒了吗?出奇的是不但不怒,反而转怒为喜,可情理却是谁都会理解的。

图134　逃子归来／[德]卜劳恩

图 135 也属于这种滑稽。画的也是父亲和他的儿子。儿子弹玻璃球把衣服弄脏了,父亲见了很生气,揪着他的耳朵拉他去洗,并指着墙上贴着的"讲卫生"三个字来教训他。儿子却指着另一处贴着的"行为美"三个字,不满父亲揪耳朵这种不美行为。这时这位父亲由教训者转变为被教训的人了。

图 135　各有所失(父与子)/方成

这种漫画因为有个转变过程,适于用连环漫画来表现,但有的题材也可用两个画面画出来,如图136。这是一幅讽刺画,过去把强盗、土匪也叫"强人"。抢劫的强人到饭馆吃饭,饭馆强索高价,俗称"宰人",那个抢人的强人,被更强的强人敲了一大笔。相比之下,抢劫者由强人一下转化为弱者。这当然是虚构的情节,但可信,虽用夸张法画的,但合乎实际,人们能理解。

图136 强人/方成

十三　重复的滑稽

　　法国哲学家亨利·柏格森（Henri Bergson）从对喜剧艺术研究中，归纳出一些令人发笑的规律，其中之一是重复。重复的动作，重复的言语表演常是艺术家运用的逗笑方法。看过捷克木偶片《好兵帅克》的人会记住这位傻呵呵的好兵，在火车上对座上的军官说些什么，说完走了，但又立即回来又说一遍，引起军官不耐烦。可好兵刚一离开，又转身回来再说一遍。这样重复的动作看来确是很滑稽的。记得在电影里也见过使用这种手法引人发笑。在漫画创作中，也常采用这种方法，如图137。开始第一个画面，画的是此人练体操，双手高举。最后一个画面同样高举双手，但非练操，而是被强盗逼出的动作，看来也滑稽。其实图124也有重复的滑稽效果，因此看来倍感可笑。

　　图138也是采用重复的技法表现的，开始是强盗举棒要打击老人，最后也是举棒要打人的动作，但打人的却是刚才被打的那个老人。

　　重复为什么有滑稽感呢？我想是由于两个原因。第一是，在

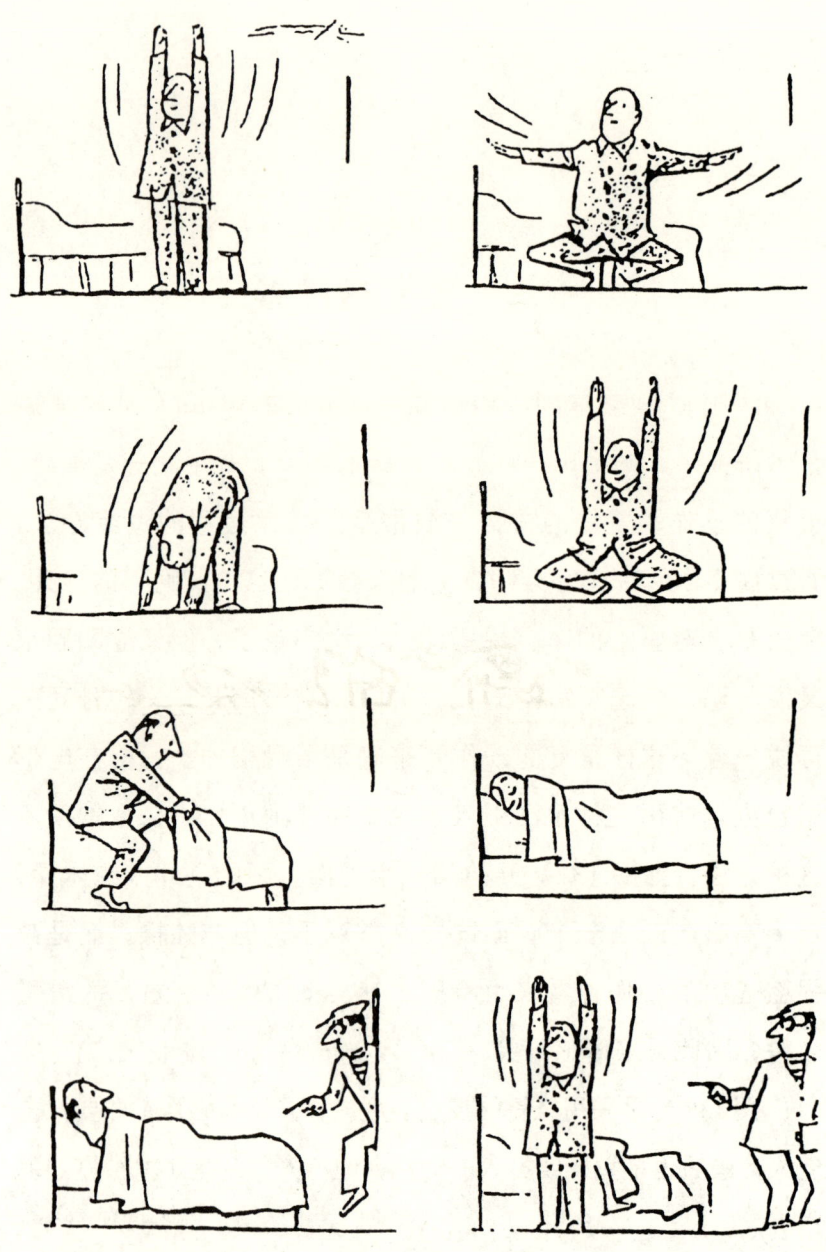

图 137　训练有素

十三 重复的滑稽

某种条件下,按常情,一次动作已经够了,不必重复的。一旦重复,使人觉得突然,是出其不意的,自然会觉得奇怪。如果再重复一次,就更滑稽了。如果第一次动作引起别人某种反应,例如厌烦,那么,再来一次不就更令人厌烦,显得重复之不当,反常,自然可笑。第二是,有的重复带有巧合性,例如图138,第一次举棒是强盗的行为,而最后那次举棒是另一人的行为。两者有所不同,但又有相同处,这就是巧合的了,巧合是造成滑稽的一个因素。

图138 抄袭故技 / 方成

方成谈笑录

还有另一种重复方式,例如图139,是多次重复造成的滑稽。在现实生活中,这种情况其含义并非罕见,画出来很容易理解,看来也可笑,虽然也有令人烦恼的时候。

图139　一物降一物／〔丹麦〕皮特斯脱鲁普

十三 重复的滑稽

重复之中会带有巧合效果,看有的单幅画如图 140,就有这种滑稽感。一个人为别人打伞出力,而另一人又为那打伞人张着伞为他出力,虽是出奇景象,然而巧合也属出奇,加强了奇巧效果。

图 140

十四　喜剧化处理

喜剧情节轻松有趣，看了使人开心。漫画也是同样有使人感到轻松开心的性质，和喜剧均列为笑的艺术。在漫画作品中，还有将悲剧性题材作喜剧性处理的，或者把紧张以至可怖的事，作喜剧化的表现。前面提到的图132是一种，画中的人正在作杀人的预谋呢。更多的是把寻死也当游戏，如图141。有人将这类漫画称之为黑色幽默。但看来未必和小说中的黑色幽默相同，恐怕也未必相近。因为漫

图141

十四 喜剧化处理

画可以作为表现幽默感的手段，从取材到表现技法上看不出很像黑色幽默小说那样给人以压抑的感觉。我没研究过黑色幽默，所见这类小说也很少，只是凭一时感觉而得的印象。把悲剧性题材作喜剧化的处理，看了只感是游戏之作，并非当真，正如人常说的"热得要死"，"高兴得发疯"，"这杯酒杀了我也不喝"类的语言相类似。朋友劝老舍戒烟，他说是："我先上吊后戒烟。"能当真吗？但听来却幽默有趣。图142看着不是如同体育竞赛吗？然而非也。那是警察追捕相拼后的一个场面呢！

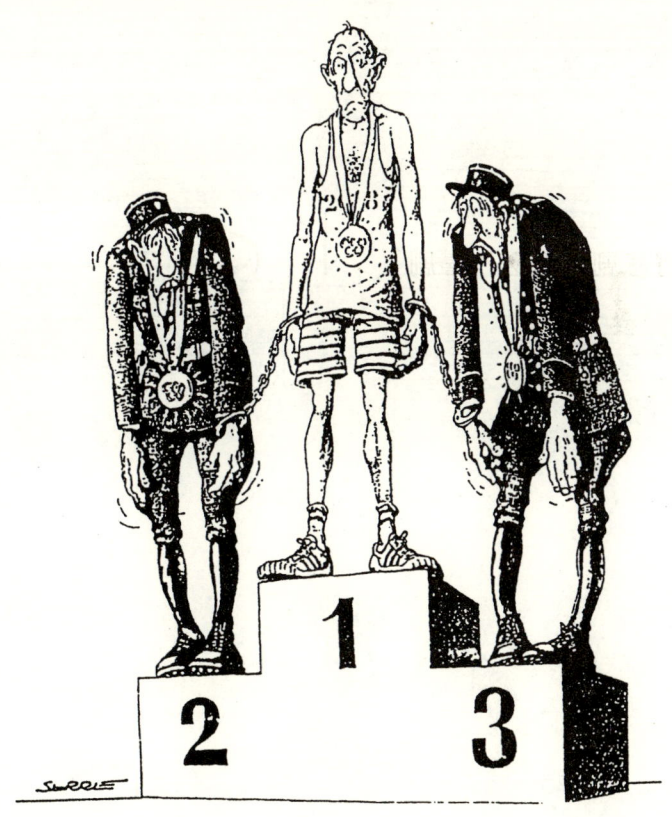

图 142

图143看得更清楚。这是在画刑场上的场景。看这位临刑犯人的表现，会有人相信是真的吗？会为之感到心情沉重吗？那不是犯人和谁开玩笑，而是漫画作者用这种奇景来开玩笑，或者是特意表现一种视死如归的设想，或对什么人或事的蔑视。

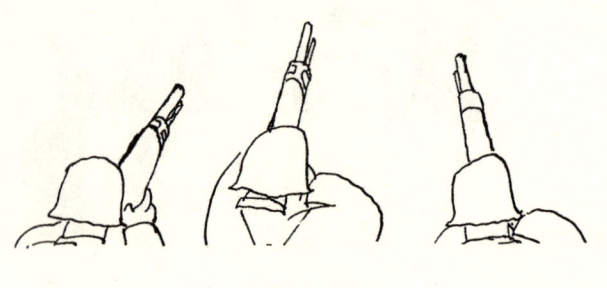

图143

十四 喜剧化处理

再看看图 144，画中情景实在惊人。夫妻闹矛盾严重到以死为解决手段，当然要出悲剧结果的，然而怎么看也觉得有趣。漫画的艺术手法使人感到的，是有以虚传实、以假传真的特性，不会把画中情节认为当真看待时，知道那只是一种喜剧化表现的手法而已。所以画中情景即使再严重，以至似恐怖之极，看了感觉还是轻松滑稽，但主旨还是庄重，常有特定含义的。

图 144

十五　无可奈何的滑稽

这是尴尬滑稽中的一类，因为在社会生活中几乎人人都会遇到，很普遍，因此可单列为一项，在漫画中成为常见的画题，也有趣。其特点是：虽也处境受困扰，但有转圜余地。图145就是这样的一种。有孩子的人家免不了遇到这种情况，被孩子闹得不安宁。

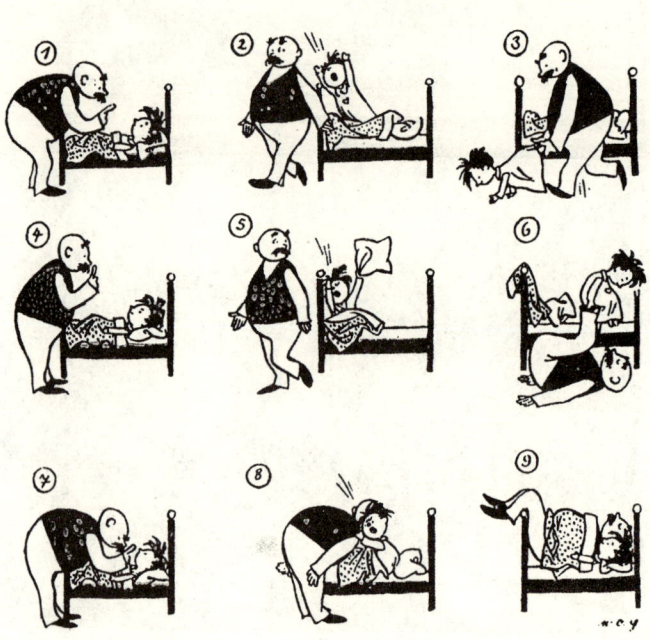

图145　哄睡觉／［德］卜劳恩

十五 无可奈何的滑稽

但在漫画表现上作了喜剧性的处理,这才会导致奇巧效果。父亲在无可奈何之下,只好陪儿子睡,其妙在最后作不协调的安排——把一个大人安排睡在不适当的幼儿床上。

图146的表现技法也是如此。小皇帝和他的宠物爱犬相处到了形影不离的亲密程度,但作为一国之主,他的至尊无上的宝座,

图146 爱犬 / [美] 奥托·索格洛

唯有君主有权享用。但是他那无知的宝贝全不懂,主人到哪里它跟到哪里。在无可奈何之中,小皇帝只好让步,最后出现不协调的滑稽——连狗也当起至尊的伴侣了,和皇帝平起平坐起来。

单幅漫画中,也有运用这种表现技法的,图147是一例。排队等打电话,那是生活中常可遇上的令人着急的事,尤其是遇到那种无休止的长谈者,把持着电话不放,把等候的人急得冒火。可也有作喜剧式处理的,把排队的人画成自有主张,安之若素、泰然处之的。这样处理方法显得既有不协调的矛盾,又有轻松的设计之巧,也会耐人寻味。

图 147

十五 无可奈何的滑稽

还有一种从无可奈何中想出的设计方案。在小学生课堂里，天生爱闹的小家伙很难对付，把课堂搅得安静不下来。在这种困扰中，也可作喜剧式的处理，像图 148 所显示的，就是一种方式。把小学生们的注意力吸引到教师这方面来，以此造成引起学生兴趣的课堂秩序。这种景象看来很怪，和上课常态自然不协调，但想来却也合乎情理，造成滑稽局面。

图 148

十六　动物角色

漫画的语言功能，把漫画题材之广，推到漫无边际，技法也因之变化无穷。因为语言是自由的，无所不及，方法也随之千变万化。主要限制也就是顺乎情理，合乎逻辑，因为这是人所能接受的。漫画是给人看的，非此不能发挥作用。人在世上和动物共处。漫画家画的是人，人在画中是主要角色，但也画其他动物，用动物客串人的角色，也用动物的特性创造滑稽效果，用动物行为表现哲理性的思想，如此等等。图149是开开玩笑的，是夸张造成的滑稽。谁见过鸭子下这么大的鸭蛋，可此画也有其常情：

图149

十六 动物角色

蛋是从肚子里出来的。看着觉奇,但也合理。有奇巧之功,便有滑稽之趣。图150画的是一场喜剧。养过猫的人最清楚,这种小东西心眼儿可不小,笑眯眯地和人亲热起来,可招人怜爱了。不仅是人,连它的狗友也会被它哄得神魂颠倒,晕晕乎乎。原来猫是拍马屁中的高手,谁吃它这套,爱它这套,它就施展起来,结果如何,不言自明。这一场戏看来荒涎出奇,然而情理可信,因

图150 迷人精

为人都明白,这两个动物只是客串角色,表演的是人间的戏啊。现在回头看图93。把羊拴在木桩上,谁都明白,是一种禁锢手段,可是被禁锢的羊却挺得意,自以为是得到主人的信任,让它去看守木桩。看来这种错得可笑的对其主人的愚忠,在人间也能找到可理解的吧?

图151看来像一般有趣的幽默画,细加思索就会理解,其中含有讥讽的深意。这只有趣的鹦鹉不但善学人言,人说什么,它

图151 "我不会传染,我打喷嚏是因为主人感冒了。"
/〔法〕让·艾飞

十六 动物角色

出于本能、习性,也跟着说什么,连人打个喷嚏都不放过。本性如此,因为它不过是个带翅膀、有灵活运用的舌头的东西,仅有仿照之功,但无运脑之力——它也没有会思想的头脑。其实也是当客串的角色,和"看管木桩"的那只羊一样。

在讽刺画中使用比喻,比喻凭联想,什么都不放过,自然少不了各种动物。现在大众所知的一个很普遍的现实,就是许多人是靠数字生活,也靠数字升官晋级的。在所谓"大跃进"期间,各地农村干部大都靠生造的生产数字混日子,也靠这种数字向中央报喜,美之曰"放卫星"。我在农村下放工作那一年,就曾奉命做亩产二十万斤水稻的试验田,身历其境。又奉命组织农民人人写诗,明知不可,不得不想各种办法去凑足数字。对这样荒谬的事,自有所感。但至今到处还有不少靠各种数字提升官职的事,在报纸消息中就常见到。漫画中也有对此事进行讽刺的,一时尚未发现多少出众的作品。图152是较好的一幅,就是请鸡女士出场客串表演的。

图152 "胖大嫂,现在最时髦的是生数字。"/ 朱森林

幽默画在我国出现很迟，流行也迟，画家创作经验尚不足，其中有动人的作品，然为数寥寥无几，图153是颇为新颖有趣之作，幽默动人。图154也是此中佼佼者。两画都以鸡犬客串，有它的长处。同样的事倘改用人表演，如改图154，则

图153 "亲爱的，今天是'三八'，我孵蛋！" / 李斌兆

毫无奇处而成图解式的画，用狗客串，含义更深，令人理解这种现象之外延已扩展到极致，从形象看则有奇巧感，造成滑稽逗人的效果。

图154 一对小花狗 / 叶春阳

十七　画里画

想必是漫画家闲来无事，想象力神驰天外，无中生有地拿自己的纸笔开玩笑，画出只能出现在纸面上的事物来，一般人头脑中也装不上去的。请看图155，梯子是画在墙上的，可人却居然爬上去了。图156又是一种图像，人上了台阶，到门上按门铃，阶梯却如纸样的散落下来。图157又不一样，人的胸口上刺出的人形纹也活动起来了，替人把背心穿好。图158更滑稽，天下哪里有这样生长的牙齿啊！图159简直就是画中的游戏，更像是闲来无事自娱性的戏笔。这些画给人的感觉自然出奇，可也知道是画在纸上开开玩笑的，并不打算说些什么，也许只表现想象的创造力罢了。不过使别人

图 155

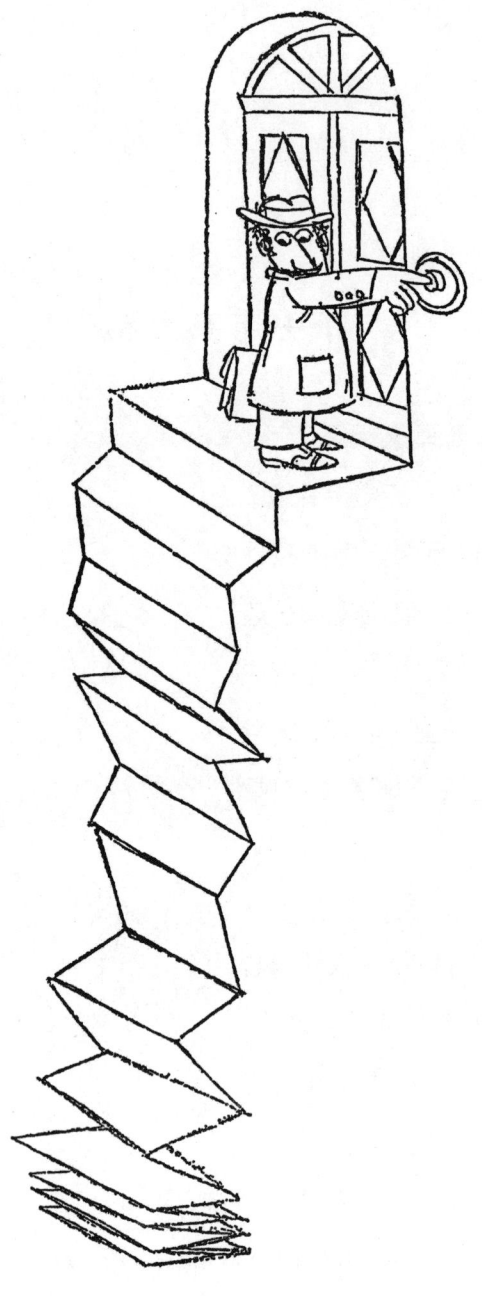

图 156

十七 画里画

看了也觉有趣。人都好奇，这就是奇画，也会有益于身心的罢。

　　漫画本来是世上哪里都会有的，自古就有。但是流传不易，画也很少。只有社会发展已越过封建时代，人们说话没什么顾虑，不会因言生祸，没有文字狱，漫画作为公开发言形式才可能流行开来，为大众所接受，才可能形成一个有别于其他绘画的特殊画的一种，名曰"漫画"，到处可见。这个画种开始是评议用的。在欧洲宗教改革时，新旧两派斗争激烈，曾用漫画彼此攻击，但那时还未形成公认的画种，也未发现有名有姓的被称为专门的漫画

图 157

家。直到18世纪初,在英国漫画才开始广为流行,为人们所注目,并出现专业漫画家,载入史册。漫画反映社会生活,也有开开玩笑的幽默作品,但幽默得百花齐放、花样百出,则是为时较迟的事。我国在20世纪五六十年代报刊上还未见幽默画,七八十年代才开始流行的,还有常画幽默画的画家,有的还以此为专业。因画得较晚,画中屡见西方画法,因为开始总是学西方画法的,画出的神仙都是洋仙,头顶上有光环平放,背上有翅膀。乞丐也画成用帽子等人赏钱,在中国哪里见过几个这样讨钱的"要饭的"?不过以后会渐渐脱离这么明显的西方画法,画出自己的民族风格来的。

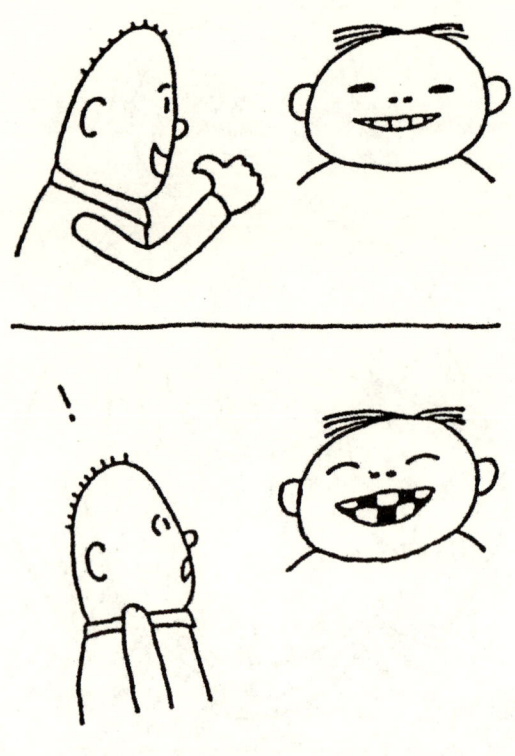

图158 错觉 / 潘顺祺

图159 /［美］斯坦伯格

十八　心理刻画

漫画作为评议性作品，要触及事物中发生的问题，使之露出真相。漫画又是谐趣性作品，会借什么事开开玩笑。人心里在想什么，其中就有可笑的念头，也有下意识的心理反应，平时未必想说出，在漫画里画了出来，便觉有趣。看图160，两位持伞的妇

图 160　相互启发

女,相遇后,打着伞的,把伞收起,而原来收起伞的,却把伞打开。了解女人性情的人就会明白:见别人怎样,以为时髦,就学着样做。

图 161,也是妇女心情的刻画。女人很怕肥胖,总是希望体重适当减轻。这位太太在测体重,为什么要堵上耳朵?了解女人性情就会明白,她生怕体重又增添几磅呢。

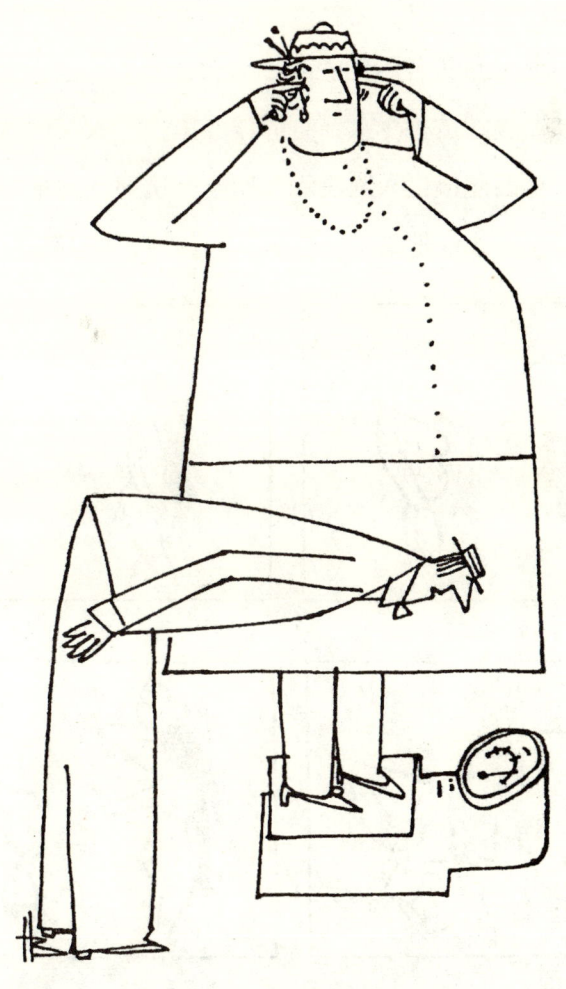

图 161 /〔德〕亨利·华纳

图162，还是画女人的心态，但这位小姐是现代很开放的一位。天真的孩子看她全身赤裸，总以为须有些遮掩才好，小女孩不就是不像男孩那样光屁股吗？他好心为小姐送来一片遮体的树叶，岂知她当成饰品了。图163画的是一位身穿制服、个子矮小的男士，他想的是什么呢？明眼人是看出来的。此人以为多吃能助长身高呢。

幽默常是从玩笑开始的。人都喜欢开开心，也喜欢使别人开开心。所以在漫画这种令人开心的作品里，逗人笑便是它的一种艺术功能，也因此很讨人欢喜。和朋友开玩笑，常是揭其无伤大雅的某种隐私，如说他是"气管炎"，人一听就知道是"妻管严"

图 162

十八 心理刻画

的意思，使人逗得笑起来。有些下意识动作，自己想起来觉得有趣，说出来听着也会逗笑的。记得有人画过：风吹起来，乡下姑娘急忙按着裙子，城市姑娘则急忙按着帽子。看了不是觉得有趣吗？图88刻画了某种医生的心理活动。心里想什么，随之就表现在行动上，出乎自然。在漫画中还常作夸张描绘。有一幅画的是一个人看画展，有一件展品画的是女人赤裸的背影，看画的人见无别人在旁，用手揭起这件展品，探头去看画的背面。这显然是揭示此人是好色之徒，也说明古人的一句话："食色，性也"。此人则未免过急。

　　显然可以看出，这种种玩笑的刻画，都带点讽刺意味。幽默和讽刺技法相通，很难截然两分的。

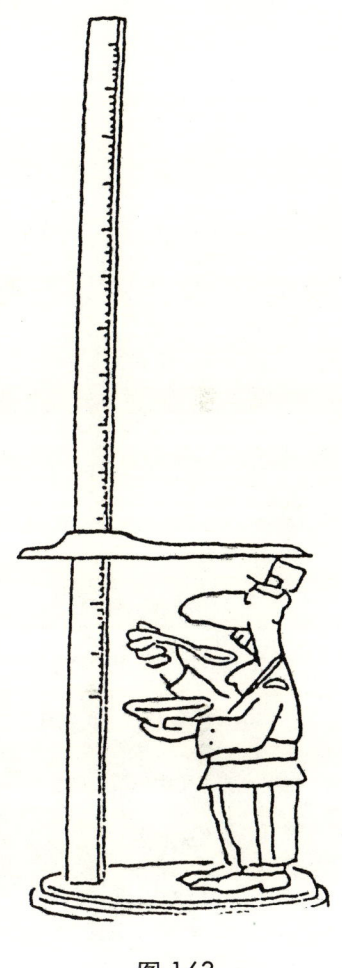

图163

十九 故弄玄虚

曾听人说过一个猜谜式的笑话,写出来,是两个人的问答语:

"牛走在独木桥上,头朝南,尾巴朝哪边?"

"当然是朝北啦。"

"不对。"

"朝哪边?"

"朝下。"

这种颇有趣的幽默,表现在漫画上,形式不同,奇巧却近。看图164,开始总会以为这位小画家画出的准是个女人。不对,画成别的了——他旁边有个大人在看着,只好

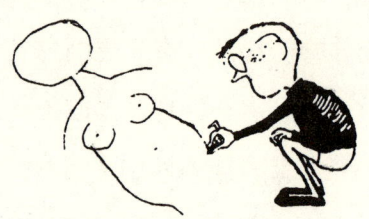

图164 /〔德〕施拉德尔

改画了。这是漫画家故弄的玄虚。图165则有所不同，看了第一个画面，恐怕谁也想不出是什么，到最后一个画面才恍然大悟——是骑象过河呢。这和说笑话一样，最后才现出逗人的高潮。

图165

画漫画的人对幽默很感兴趣，总想变着方儿构想出人意料的画面，想得入迷，也像入了魔似的，会沾上胡思乱想的边，但也能令人为之一灿。像图166牙医拔牙，竟如执人极刑，按

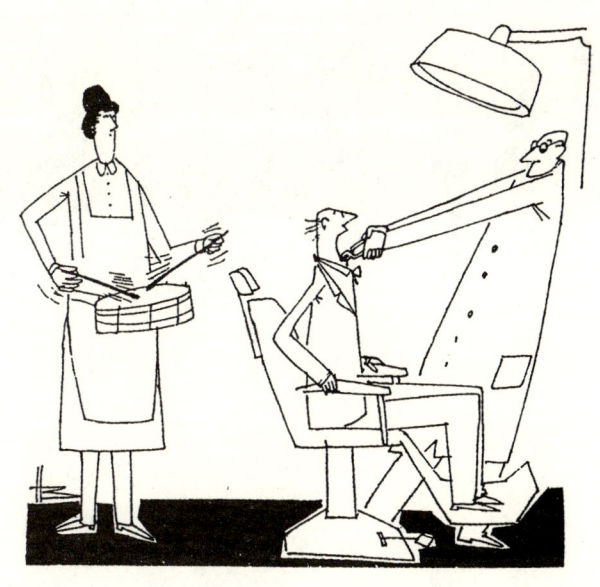

图166 ／［德］施拉德尔

制度须有鼓手助威一样。这也如同图 75 的小题大做,把恐怖气氛增加到极点,使这种反乎常情强调到谁也不信但也可笑的程度。画图 167 的漫画家开了个更大的玩笑,竟把牙科医生的手术设备加以无限扩张,充满宽大的手术室内,恐怖形势摆在眼前,再看牙医摆出的姿态,把牙病患者吓得魂不附体了。俗话说:"牙痛不算病,疼起来要命。"从小孩到大人,对治牙都觉得不是好受的事。这两幅画正反映出过去一般人的想法。其实,这都已

图 167

十九 故弄玄虚

成往事。现代医学进步，早已把医疗上可能出现的痛苦，灭到几乎无痛感了。像这样大场面的画，这样的狂想式的情节，在西方漫画中是不少的，这是漫画中的一种奇巧手法。在报刊上常见的漫画，却画得很简练，着墨不多，尤其是急于发表的新闻漫画，因求速成，只能力求简练。幽默画不受时间约束，有充裕的时间可作细致的加工，可画人物繁杂的场面，想象可在更宽广的天地驰骋，使画面奇景百出。画的内容也会涉及更广，

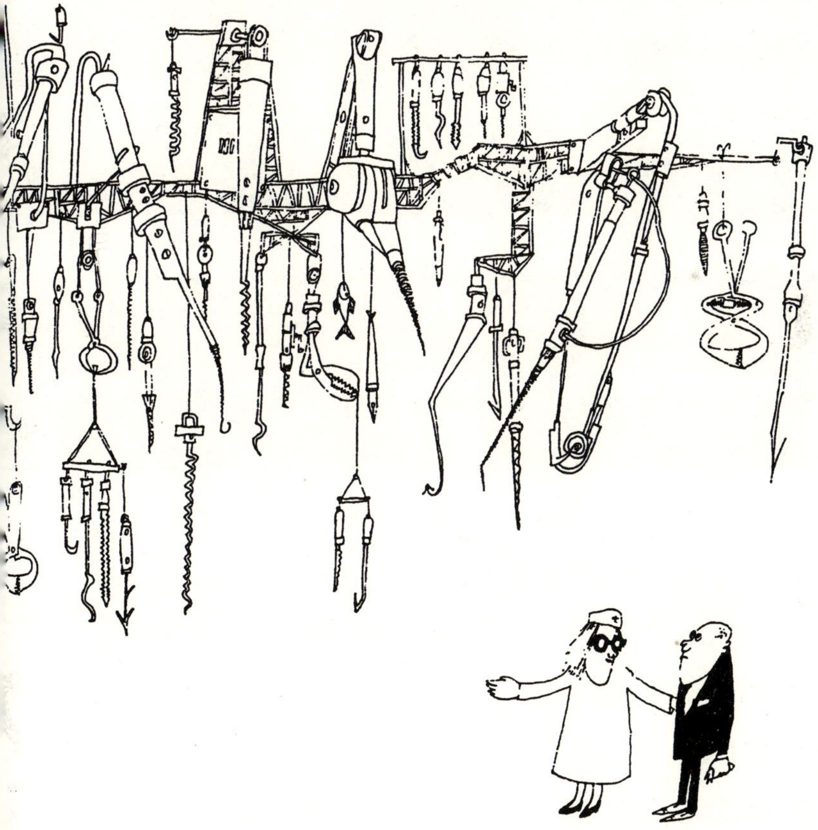

画的技法则变化无穷，都在各方面显示出漫画的奇趣。看英国漫画家希尔勒和罗兰·艾密特（Rowland Emett）的作品，画法就有很大不同。图168是希尔勒的画法，图170是艾密特的画法。美国漫画家索尔·斯坦伯格（Saul Steinberg）则画得与前者相反，用笔越少越好，见图169。图103也是他的作品，用笔算较多的了。

图168 老来俏／［英］希尔勒

　　漫画的奇巧，首先根据题旨，构思奇巧的表现方式，想出寓庄于谐或仅是谐趣的情节，动手画出。在画的技法上，同样要求有奇巧的功夫，其中包括人物造型、动态、表情，构图安排，以及笔墨上的功力。有人用装饰性的画法，有人用速写画法，有人用戏笔挥洒，有人偏于写实，有人用稚拙或童趣笔意……运笔各有考究，还力求有美感。都是为了尽力发挥漫画的艺术魅力，使人看了觉得精美有趣，又有动人的含义。

　　许多创作经验还不多，或对漫画艺术有所误解的人，以为漫画只是一种表意的画，把意思表达明白就算成品，画出的画，在

十九 故弄玄虚

艺术上不讲究，潦潦草草。在报刊上发表出来，也会影响别人对漫画的看法，至少会使报刊编辑在选择漫画时要求降低。对漫画艺术的发展是很不利的。常听人说，他的什么亲友缺乏艺术才能，画别的不行，画漫画还可以。其实美术学院毕业生，画什么画总有较好的基本功夫，但要他们画漫画，可就难些了。美术院校没有漫画课。绘画基本功深厚的人，未必能画漫画，即使会画，也不一定都能画得好。漫画创作须有幽默感，还要有艺术、文学方

图 169

面的修养，才有可能画好。和从事其他工作一样，有成就的漫画家，都有刻苦研究和实战经验的。

像图170这样的漫画，缺乏深厚的绘画基本功是画不出的。

图170 "为设置升降机，我们考虑了很久，好容易才设计出这种现代化的来……" /［英］罗兰·艾密特

二十 反话的表现

前面提到，幽默是一种语言的特殊方式，也讲过，漫画可看作语言，是画出，或画和文字协同表现出的。所以，在语言中使用的幽默，在漫画里也同样适用。日常语言中有不少讽刺的说法，俏皮话里就不少，如说什么人"拍马屁拍到蹄子上了"，"打肿脸充胖子"，"是属狗的，逮谁咬谁"，"抱着元宝跳井——舍命不舍财"，如此等等。而赞许的话不必绕弯子，直叙就行。所以，讽刺画可借用讽刺语言，还比较容易上手，而歌颂、赞扬的漫画可就难得多，因为没有现成的幽默语言可借用，都须自己创造。

前面也讲过，幽默和讽刺，在艺术技法上相通，幽默中往往带有讽意，而讽刺总是有幽默感的。所以在西方国家，把讽刺也列入幽默中了。在大百科全书中，说反话常是讥讽性的，被列为幽默的一种，反话英文是 irony。

在日常生活里常见这种反语法，吃饭时，菜不可口，人不爱吃，美之曰："禁（耐）吃"，和东西坚实耐用说"禁用"的赞语一样说法。有人反对吸烟，却说吸烟有三大好处："小偷不敢进屋；狗不会咬；永远不会老。"问原因何在，就补充说："吸烟的人，整夜咳嗽，小

偷不敢进屋；吸烟的人，多身体虚弱，走路拄着拐杖，狗不敢咬；吸烟易患癌症，活不到老的。"

在漫画里，反语法常见于画外的标题和对话里，如画败军之将，标题作"凯旋归来"之类。图171批评的是衣服规格之不足，但人说的却是怪自己长得不合衣服的规格。《多面手》是用诗画相

图171　只能怪自己长得不合衣服的规格／丁聪

二十 反话的表现

配表现的，就是用反语法（图172）。

在亲友之间，也常用反语法向对方表示善意的玩笑。如朋友请吃他做的点心，你把一盘点心吃得一点不剩，朋友会问："好吃吧？"回答说："可难吃了！"接着说："快把胃撑胀啦。"逗得对方笑起来。在漫画里还是见过近似的这种反语的画。在报道漫画里可能会有的。

瞧着像霸王，

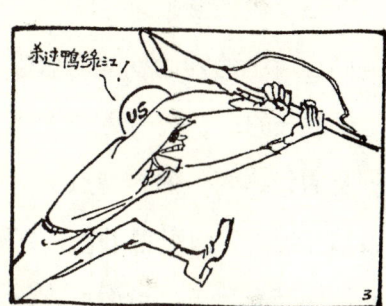

武勇贯天下，

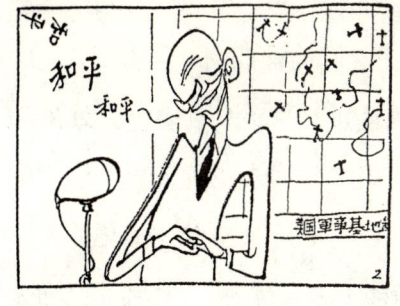

听着像娇娘，

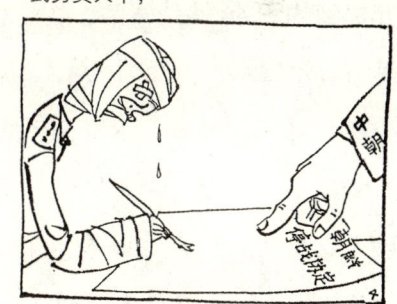

还会写文章。

图172　多面手／方成

二十一　洋仙的表演

　　这是西方漫画家的发明。西方是基督教徒、天主教徒的世界。他们心目中的神仙有两个形象上的特点，一是有翅膀，连神马也是带翅飞的；二是头顶上有个平放的光环。漫画家的想象力是无所不及的，这两个仙界特点，自然被他们看重。神仙虽是他们所崇敬和礼拜的，但民主思想又有使人和神之间平等相处之权，那么，和他们开开玩笑，就像老百姓和总统开玩笑那样，无所顾忌。前面提到的图68就是一例。最爱拿洋仙开玩笑的一位，是阿根廷漫画家莫尔迪略，请看图173，几层云之间的神仙闹起矛盾了。上层云里的神仙在弹琴，下层云里的神仙嫌声音大，吵着他，就用扫帚柄捅上层云底，表示抗议。这种事是人间发生的矛盾，住楼房的人之间就常发生这种情况：楼上的人吵闹声大，楼下房里的人被扰得不得安宁，就是用这种办法向楼上住户提醒，请他们别吵的。此事很平常，如果如实画出来，不觉奇巧。为什么神仙演同样的动作就可笑呢？因为从画上看就明白，这是明显的虚构。一是云彩是怎么捅也不会像住户地板那样会发出响声的，起不了警告的作用；二是在人们心目中，神仙都有灵气，没有那么傻的神仙，用

图173 /［阿根廷］莫尔迪略

扫帚柄去捅发不出声的云彩。画中这种情景看来就出奇,但也有情理在,因为这种现象在人间常发生,一看就明白,同时也理解,这是故意拿神仙来开玩笑。图174也是莫尔迪略的作品。他画中

图174 /〔阿根廷〕莫尔迪略

的人和神仙都用同样造型，显然是虚构形象，而且都是七情六欲很强的人物。画中人看到他山上一位女士，就跑过去，然而出人意外地不是去调情，而是另有企图。这里用的是"预期之逆应"法，画中主角虽非洋仙，但画家画中的人物都像有仙气的，所以也在这里当作一例。他的作品中的人物大都如此。

还见过一幅漫画，画几个神仙聚赌，结果是其中一位，把其他几位洋仙头顶上的光环赢去了，输者头顶上已无光环，而胜者的头顶上居然有四个光环了，看来很奇特有趣。（图175）

图 175

二十二　见物思情

　　电视是 20 世纪的发明,电视机一出现,这新生的东西便给漫画家提供了不少新的创作题材,引起出人意料的诸多想象,给人增添兴趣。开始见得多的,是电视中正在表演的人物,突然跑了出来或挤了出来,如图 176。这自然是想象中的奇景。可奇则奇矣,巧在哪里呢? 就这幅画而言,两人的活动是在电视画面框子内的,如果用力过猛,框中人会使另一人跳得很高,框子拦不住,会破框而出的。这电视机在画面上,是画出来的东西,在想象中,画的框就可以这样作虚构处理,人们是可理解的。

图 176

与此相类似，老人看完电视要走了，或有事要做，或想去休息，和电视机告别。告别握手，人之常情，电视机也像客串演员那样，伸出手来和老人告别了（图177）。还有想得妙的作品，如图178。电视出像不正常，或画面对不正，或出像不清，或出其他毛病，一般人不会修理，有时用手敲一下会纠正，这已是常情。这是因为电视机中有的电线接头松动，使画面出现一些毛病，人用手敲一下，使电视机内的松动电线接头又接上了，画面恢复正常。但

图177 "再见！"／孙晓纲

图178

看这幅漫画就出现怪事。因画面失常，那人敲一下，使画面恢复正常了，不料这一敲竟把画中人的眼镜震得落下来，造成可笑景象。自然是出奇，但从日常习惯所见，人受震动，就可能把眼镜震歪甚至落下来，合乎常情，便使人理解，而且人也理解这是虚构故事，不可当真的。

另一幅画图 179，看来更觉构思奇巧动人。电视机修理，自然要将后盖打开，不料电视中正在讲话的人，因后盖开了，使他回头看一下。谁也没见过此类奇事，可人们能理解。因为会联想到有人开门，就会使门里的人回头看的。电视机的后盖不正像室中的门吗？这种想象有其合情理之处啊！

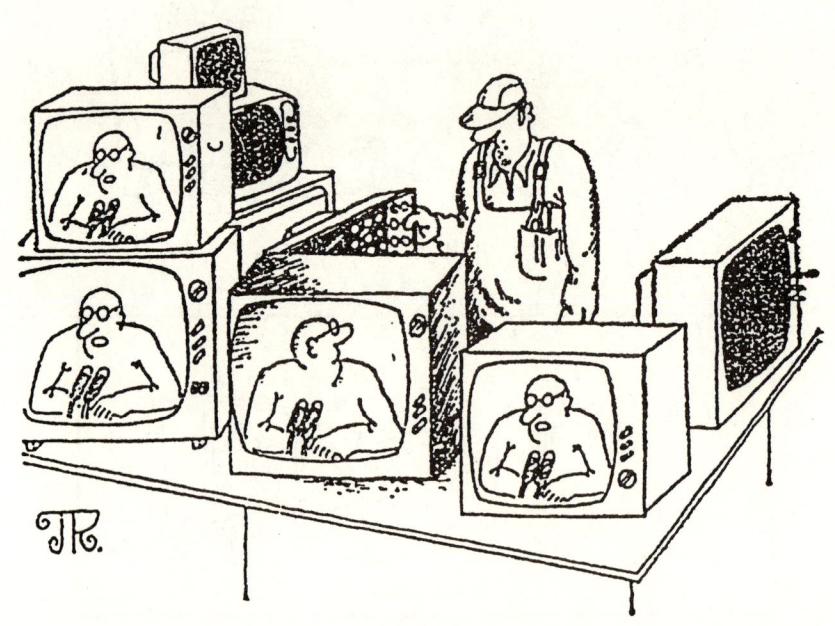

图 179

图 180 表现的是人的一种下意识活动,一看就会理解。虽看来出奇,可人们一般都会有这种动作。画中人在打棒球,球被打飞了,看电视的人无意中会被球的走向引得抬头去看的。

漫画创作构思的激起,常出于想象。想象正是艺术创作,尤其是幽默艺术创作所不可少的。

图 180　/［美］奥托·索格洛

二十三　借形之巧

前面提到过，漫画创作构思，须有巧才令人觉奇。有一种创作方法巧用具有特定含义的形状来帮助，使人一望而知。有的借用这种形画出令人生趣的画。图181就是一看就明白画中的含义。画面是一种坐标符号，医院里看到的是病情中表示血压上升或其

图181

他参数的示意，工厂里看到的是表示生产数量、产值或其他数量的进度，股票市场看到的是票值的升降，等等。在这幅画上，从那妇女推着的采购小车，就知道那曲线是表明物价上升了。画中起重要作用的是那一条曲线，这就令人感到构思之巧。图182是另一种借形，借的是彗星显示的形状，这自然是漫画家想出的一种图景，人们看彗星并非摆成这种队形，是画家特意这样安排的。看来这种人群摆出的形状虽觉奇特，但会理解这样的安排是逗逗乐子，供人一笑的。

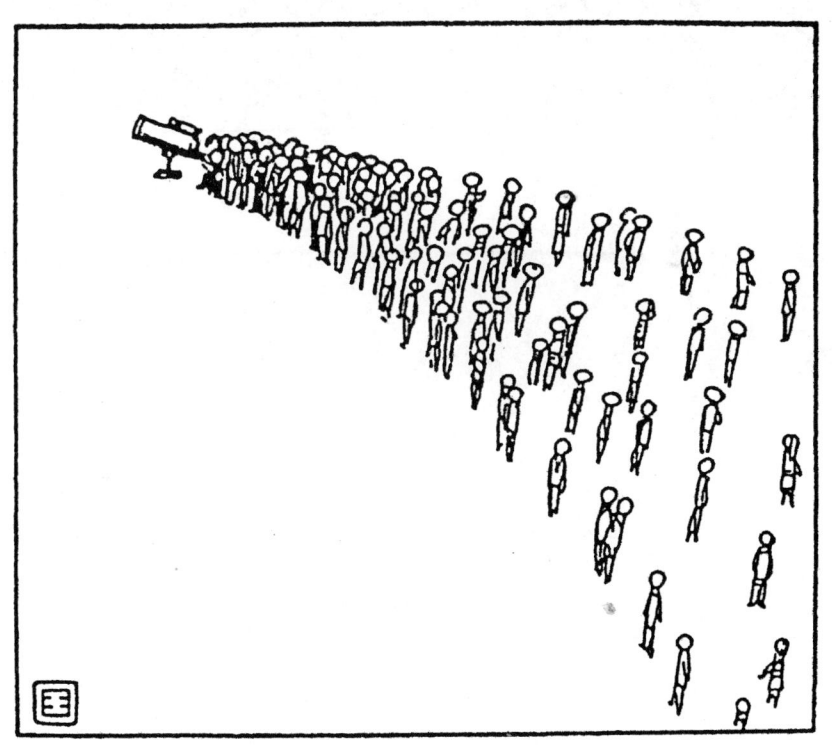

图182　看彗星／陈景国

图 183 是讽刺画,画中用一双筷子和那些大张开的嘴,摆成十一亿(人口)的数字,是对我国人口太多的警示,意在使人关注计划生育问题。画中所表现的,是人口的大量繁殖,有限的粮食无法充分供应。

另一种巧借图像的方法,如图 184 的方式,这是从褥单上的条纹,形似围棋或象棋盘上的条纹,借此想出有趣的小游戏。

图 183 一双筷子八张嘴 / 裴广铎

图 184 棋迷 / 潘顺祺

二十三 借形之巧

又一种借用图形的方法如图 185。这显然是游戏之作，实际上不会出现，只能凭想象画出。画中那妇女身穿有花纹的衣服，处在花丛中，这些花与她衣上的花纹无法区分了。

图 185

图 186 则是借用标点符号画成一个人的嘴和唇上的胡子,也同样是像开开玩笑的作品,以此表现画家的幽默情趣,给人以娱心的享受。从画上看来出奇,而有情理相通:嘴上用的符号,正是一种表示一句话的符号,所以看来就觉得这样的艺术构思是很巧,很可笑的。漫画有娱乐性,画家自然会为此想出各种不同的逗笑作品,同时也为锻炼自己的艺术创造力,作种种奇巧的设计。

图 186

二十四　漫画题材的一个来源

　　漫画有语言功能，最常用作评议手段。在报纸刊物上是社论的一种表达方式，是舆论的载体。用漫画作评论有它独特动人的效果。画上的艺术形象出奇，自然很容易引起人们的注目，而且意思十分清楚，看一眼想一下，很快就明白，即使不识字的人也会看懂，又加寓庄于谐，更因有趣而得到评议效果的充分发挥。没足够时间看文字评论和对文字评论兴趣不大的人，也会被漫画吸引着去看。作为评议手段，其题材来自日常生活见闻，更多来自报纸上的消息和报道。幽默画是娱乐性作品，实际上也同样具评议性。见什么觉得可笑，不也是一种评议吗？这种画的题材自然同样来自生活，而从创作出发，题材也来自画家的想象，运用想象能画出各种不同的奇巧画面，都是现实生活中见不到的。还是看37页图25，世上会有这等奇景吗？在摄影楼前，一位妇女光着屁股，为什么呀？她不为什么，而是漫画家开的玩笑。但情理人们可以理解，因为拍的是场中的一幕景，只拍门前，门后不拍，什么景象谁也看不见，只是漫画家故意做这样的安排，画中的妇女不过是想出来的样子，是凭想象安排的奇而又有理的奇巧图景。有的漫画家能凭想象在一个简单的又很平常的事上构思出不止一

两个可笑的画面来。法国漫画家迪布只在测视力这一件事上就画出图187，188，189等好几幅有趣的幽默画来。画里正在目测中的人，视力实在太差劲了，闹出许多使人忍俊不禁的笑话。

还会有别的画家，从另一方面又想象出一个个奇景。富于想象力和创造力的人，幽默感使他在漫画创作中大显身手，使他的幽默充分地展现在他的漫画作品中。如果画时事评议的讽刺画，对事态能作出较深刻的分析和判断，自然会画出具有说服力、令人信服的讽刺画或颂扬的漫画来。

图187 ／［法］阿尔贝·迪布

图 188　/［法］阿尔贝·迪布

图 189　/［法］阿尔贝·迪布

二十五　童　星

为创造出人意料又有趣的漫画，从事幽默艺术的漫画家，总会千方百计地去想办法。为了画人间的事，可以连神仙世界、动物世界以至鬼世界都会连带上一笔。在讽刺画中就见过画死鬼的，画昆虫如蚊蝇之类的也有，无所不及嘛。都是为了画人，借各种能借的东西来画人间的一切，把所借的都扮成客串演员，演出社会人间种种明的、暗的、善的、恶的，以及内心隐藏着的活动，作出评议，提出警诫，或画些让人心情舒畅，欢欣娱情的图像来。其中也少不了用孩子为主角的表演。但内容有所不同的是，演的不是孩子们自己的生活，而是当客串角色演大人的活动，或思想与评议。这种画法，在阿根廷漫画家季诺的作品中见得多，例如图190和图191。前者看了一想就明白，意思是表明当时其国内形势的一种令人担心的不稳定现象，经常发生在工厂企业中，或因劳资纠纷，或因其他使政府和群众不安。后者则显然是在群众中有对现代某种音乐形式的不满，提出反对意见。

用孩子说大人话造成的滑稽，自然很不相称。这种情况在现实生活中是有的，因为孩子们和成人在一起，听过他们说话，有

时也会学着说一句,例如四五岁的孩子偶然说一句:"哥哥在找对象呢"或"他爸爸妻管严",人听了就会忍不住笑起来。人们看了这种漫画,会理解这是"指桑言槐"的技法,明白其中含义,这是寓庄于谐的漫画艺术的一种手法。

图190 / [阿根廷] 季诺

图191 / [阿根廷] 季诺

二十六　触景生情

这节不是讲创作方法问题，讲的是在日常活动中，常会引起人的思索，会想到有趣可笑的情节来。冬天寒冷，在街上看到男女情人牵手走路，会推想到像图192这样的有趣情节来。情人见面，

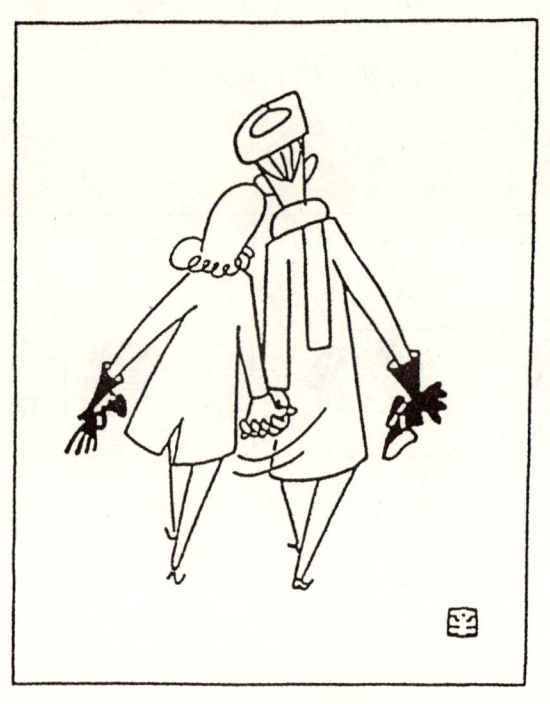

图 192　街头所见 / 郑辛遥

二十六 触景生情

常说的一句话会是:"我真想你啊!"这是一句话,含义是很亲切,很激情的。如果会画,就可能画成类如图193那样的情景。当然不一定画得那么好,想得那么有趣,那么动人。看见老太太一天到晚在织毛活,织了那么多年,能不能想到,如果无别的事可做,又有那么好的耐性,织完衣服织裤子,织袜子,织围巾,织身上穿的戴的,都织过了,她兴趣又是那么大,还能织些什么呢?看图194,就知道画家替她想出什么主意,还要画得有趣,画得出老太太那么耐心的样子,那样的表情,这就是画家的艺术功力。

图193 "亲爱的——我多么想念你啊!"

方成谈笑录

图 194 / [英] 希尔勒

在家庭生活中,我就常遇到一种令人不耐的情况。客人来了,敬上烟,把烟灰碟放他旁边。岂知客人习惯已成自然,烟灰依然弹在地上,一边谈话,一边不断弹他的烟灰。吸完后,烟屁股也扔在地上,身旁的烟灰碟他看也不看。在家里,男人吸烟同样常有这种习惯,烟灰都是随手往地上弹,把地上到处弄得污秽不堪。主妇一般是不吸烟的,给他烟灰碟他也不用。看到这情况,会画的人有的便觉灵感来了,画出像图195那样的漫画,看来也如水到渠成。自然,想画得那么有趣就需一定的创作能力了。

漫画高手和常人不同,他的创作思路总想格外出奇,这就得施展他的想象力,想出别人很不容易想出的"窍门",或称"点子"。

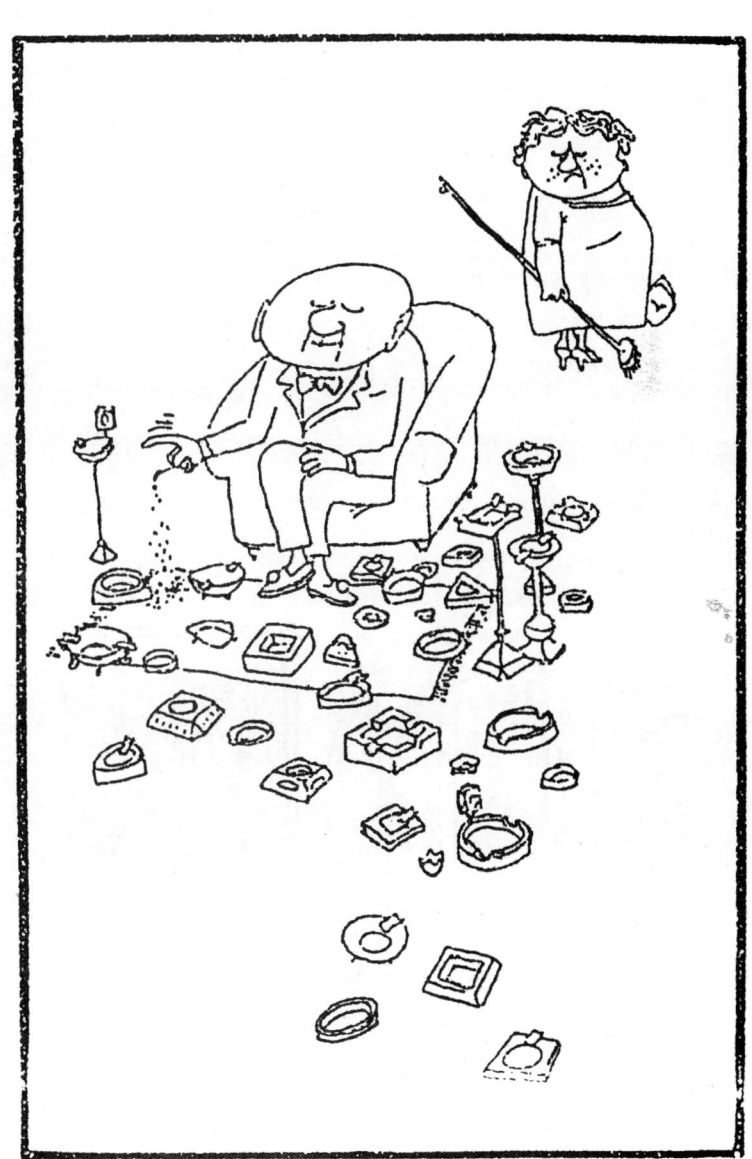

图 195

请看图196,那真是个令人觉得惊险的场面。这不是为了什么事想不开,决心要跳楼吗!看画外的一句话才恍然大悟,原来他在屋内实在找不到允许吸烟的地方,想过过烟瘾,只好找到窗外这么个地方了!这种故作玄虚,使人大出意料的艺术手法,在漫画创作中是难度颇大的构思技巧。这是西方漫画家的作品。西方的生活秩序很讲究,公共场所尤其是在室内是不许人吸烟的。

漫画创作一般比较容易,只要把生活中见到的可笑的事情照样画出来,略事艺术加工,就可成为一幅可能被报刊采用的作品,即使画得很差,但只要能逗笑,就有被报刊采纳的可能。其他绘画作品可不行,画得差一点也难使人接受。这是因为漫画艺术上

图196 "他没发疯,在这楼里,就这儿能抽口烟。"

要求有幽默感，幽默是一种艺术，有它动人的美感令人欣赏，即使画得差，人们也欣赏它的幽默。滑稽和幽默不同，但也有幽默的一个特点，就是能逗笑，人也有喜欢逗笑作品的，甚至有人以为滑稽就是幽默了，也会接受。

滑稽和幽默虽有相同之处，然而并非同类，其间的区别，前文已谈过。

但是要把漫画画得幽默动人，却是有相当大难度的。没有较多创作经验，艺术修养和文学修养有，是很难得心应手画好的。所以漫画作品中，其艺术质量高下之分差别大得很。这和相声表演中一样，侯宝林、马三立等几位高明艺术家的表演令人难忘，和一些初学乍练的演员的表演一比，就会分出其间的差别来。

二十七 人的刻画

在人物画中，总讲究以画笔表现各种人物的特点，画出他们的神情和性格中明显的部分，也就是常说的传神。不仅形似，还要神似。在讽刺画中，有画具体什么人的，有画某一种人的，也有其他的。在幽默画里，画的常是概念中的一个人。也有以其他东西代表，也就是借物抒情式地刻画人的什么特性等等，花样很多，要求有漫画奇巧的特色，表现的方法各式各样，和一般人物画不同。

看图197，这是一幅讽刺画，是用喜剧性来表现的。大卫·罗的作品，所采用的多是这种表现方式，把政治人物画成喜剧中的

图197　会晤／[英]大卫·罗

角色，使他们的行动表情和本人的常情常态不同，看来很不协调，就有滑稽感。

法国漫画家迪布画中的人物都作大幅度夸张，因夸张变形而出奇。看图198中那位歌唱演员和伴奏的钢琴家，不仅神情，连体形都画得大小对比十分强烈。平常所见的是男人比女人高大，画家故作相反的对比，看着就很不相称，不协调，显得很滑稽。

图198 ／［法］阿尔贝·迪布

图199画的是法西斯德国首脑希特勒手下干将戈林。看他身上戴那么多的奖章，多得出奇，自然是有意作夸张的表现。而且还都安上灯泡，更显耀眼辉煌，人的面部表情是自满得意状，看来更觉滑稽。戈林是希特勒的爱将，赏他的奖章特多，这是合乎实际的，只是一作夸张表现，就滑稽可笑了。画家正是以此对这位风云人物进行戏弄和丑化。

图199 / 阿拉贡斯

二十七 人的刻画

图 200 的刻画又是一种类型。这已是社会生活中屡见不鲜的一种世相了。人们遇到困难无能解决，会向朋友、亲戚或什么领导人求助。有人遇到这种要求，表面上会给以希望，表示同情，态度和善。但等求助人一走开，他的态度立即变得冷淡，不予帮助，像什么事也没发生过。

图 200

求助的人一般总是把自己的困境与心情说得凄惨，想使对方同情，画里描绘成落泪不止，对方以收泪表示同情，最后随手把一切都扔掉。

图201就不同了。画的是一头肥胖的河马在表演，其实影射的是某种人，自我欣赏自己的丑态。在人世间，这类的自我欣赏者是不少的。

图201　过度肥大的河马总认为自己的肥胖是挺有趣的／［法］阿尔贝·迪布

二十八　幽默画和讽刺画

漫画形式多样。我们常见的是讽刺画和幽默画。讽刺画见得较多。在战争期间到处使用，那是把漫画当作战斗武器，或称匕首与投枪。在思想斗争、政治斗争中同样用讽刺画，以此作为批判、批评和攻击的利器，或是当作医学上的解剖和做手术用的手术刀，作为批评劝诫的手段。

漫画的两大特色是有语言功能和有谐趣性。正因为其语言功能，可以用作评议手段。什么都可用来评议，对政治问题、军事问题，以及思想、法制、经济、社会等各方面都可用漫画来批评和议论，只是漫画是画出来的，或是以画和文相协同表现出来的，而不是说出来或用笔写出来的，而且还讲究发挥漫画的谐趣效果。正由于这两个特色，所以用漫画作评议，其方式不是直接画出，像说话的直叙那样，而是用曲折含蓄的方式表达，这就是用笑作为艺术手段，即是用寓庄于谐的方法表现出来，使人在一笑之间而悟其意。用来讽刺什么人或什么事，讲究的是把这种人和事画成使人嘲笑而加以否定。前面提到的图78是批评污染了水源的工厂。图88是批评图财收贿的或不付钱不给人治病的医生，因为从医德

而言是应该先考虑病情加以治疗,而不是先看付钱多少才给看病的。图90是讽刺英国首相对法西斯德意两国的绥靖政策,纵容了法西斯使之得寸进尺地扩大其侵略行径。图100讥讽希特勒吹嘘他的所谓"胜利",实际是已败得不可收拾,只是空谈而已。这些画给人的感觉是可笑的,这是嘲弄的笑。漫画所用的手法就是画成使讽刺对象处于尴尬境地,或使之出丑,成为众人的笑柄。

幽默画是发挥漫画谐趣特长的作品。有的虽然会带讽刺性,但主旨在于逗人笑,使人心情舒畅,也是漫画家显示其幽默感的手段。有的这类作品只是把所见所闻的滑稽现象画了出来,除了使人发笑之外,并无什么深意,例如看到一个人钓鱼,钓上来的却是一只破鞋,就画了出来,除使人看了觉得有趣之外,没什么其他意思。这种逗人的笑属于滑稽的了。为什么也称为幽默画呢?想来会是有两个原因:一是西方习惯上把滑稽也称幽默,凡逗人发笑的事物均称幽默;二是滑稽现象被漫画家发现,漫画家对滑稽和幽默很敏感,才把它画出来,而且在画中作了艺术加工,用他幽默的手笔将其画得会比原状更加可笑,所以也列入幽默画里了。

幽默画,画出的是令人发笑的图景。看到或听到有什么滑稽可笑的事,照样把它画了出来,这是最简捷的创作,除了在艺术加工上动动脑筋,构思方面不须费很多思考。这是一般情况,从现在报刊上发表的一些作品可以看得出来。有经验的漫画家不会满足于画得这么简单,或嫌加工有限,达不到较好的艺术效果,便在加工上下更多功夫。比如,我们在饭馆吃饭,因来得迟,吃

的时候又很慢,到饭馆工人将下班时还没吃完,工人很不耐烦,常用急于收拾桌椅家具甚至扫地等行为使顾客明白,他们要下班回家了,在催他快吃完呢。对这种常遇到的现象,漫画中可见到不少,有的画成工人扫地,尘土飞扬,有的画成急于收拾顾客桌上的碗碟等已用过的餐具。迪布所作的一幅则作了更多艺术加工(图202),用夸张的方法,加强了这种相逼的势态,把矛盾强调得格外突出,而且在一些小节上也尽其所能地作些有趣的刻画。看那工人抬的那么多张椅子,是有意识这样画的。在他别的作品中,连画框里的照片上的人物也活动起来。为使作品展现较强的艺术效果,画家总是想出种种方法作加工的。

图202 /[法]阿尔贝·迪布

难度较大的，是运用想象虚构动人的情节。图203是夸张地画出人间的一种常态。人在看报，常有人凑过来也看，这事很平常。但想得出最后两幅的画面，那是凭想象创造出的。画中的安得生故意捉弄人，才出现最后一幅画面上的奇景。

图203　体育运动爱好者／［瑞典］雅各布生

图 204 显然是画家看球赛时触动的灵感。球赛队员都各有编号印在衣服背面上。平时人们谁也不大会从背上的数码去想到什么,而漫画家却时时以幽默的视点看事物,才会创造出人所想不出的滑稽。他设想德国汉诺威队和罗马队比赛,队员各用本国的数码。罗马队员背上的数码,是古罗马时使用的。看了这幅画,使人欣赏漫画家的艺术才能。这简直是从无中生有里挖掘出来的奇景。

图 204　汉诺威队—罗马队／[德]格洛尔

儿童喜欢闹点事,他们好玩耍,常给人造成麻烦,这已是人所共知的常情。为刻画孩子们的顽皮胡闹,还要设想出奇而有趣的画面,靠一般夸张推想,是不易画出来的。图205则凭想象,把孩子们平时不会触及的火车头想到了,把两方联系起来,才容易作出令人觉奇的画面。孩子们绝不会上火车头去玩,在那里胡闹只能出于想象,造成出奇效果。但情理是可通的——孩子无知,哪里不能去闹呢?

图205 "谢天谢地,孩子们都上学了"/〔英〕罗兰·艾密特

在家庭生活中，很平常的活动都可成为幽默画的题材。只从人的手，就会出笑话。图206是画家在厨房里触发的灵感，因而设计出一种适用的小发明来。想他是看别人用手指去试尝新出锅菜肴的口味，新出锅的菜会烫手，这景象引起他的注意，便想出这样的画面来，当然也可能是他自己去试尝想出来的。

图206　试味

图 207 也是家常小事引出的滑稽。这种使用别人的手拿钉子，自己拿锤子敲钉子的事，谁也不会这么干的，自然出奇，但也有可能性的情理在。可能是强迫做出，也可能是两相情愿，也可能是开开玩笑，所以看来滑稽有趣。

图 207

图 208 可是开玩笑的设想了。西方每年 12 月 25 日是圣诞节，那是像我们过春节那样的喜庆之日，家家都作送贺礼的准备，这是传统习俗了。给人送礼，最好送最受欢迎的礼品了。于是漫画家按嫁不出的处女之所好，送来美男子一名。这当然是想象出这

图 208

么一种画面来。也可算是有趣的玩笑。图209的玩笑想得又出奇。牢狱里的犯人是非常苦闷的,漫画家因此而想到,使他们也开开心。漫画家富于同情心,为给犯人一个开心的机会,就想出这么一个主意,让他开狱警的玩笑。按常规不可能的事,出个可能做的办法,不是也有趣吗?结果当然只能是使漫画读者享受到娱乐,构思的出发点不过是为创造幽默而已。

漫画创作运用想象创造出的滑稽,可说是无奇不有的。各民族都有自己的民族习惯、风俗、道德观念和法律等等。有的也成为漫画家施展其幽默感借用的题材。阿拉伯有一种规矩:妇女须戴

图209

面罩，只露出双眼。这样的事怎能成为滑稽题材呢？而漫画能手有办法。图 210 就成功地画了出来。用的是夸张技法，把这种很严格的规定，加到未成年的幼女身上，看来就生出滑稽之感。按一般国情，女孩身体下部按习惯和道德观念是不可以赤裸的，但从画上看来，这种各国十分注重的规矩，还不如阿拉伯妇女戴面罩的规定那么重要呢。这当然是阿拉伯世界以外的人之所想，而从画上看，显然出奇又合情理，因为对阿拉伯人而言，戴面罩是非常重要的。

图 210

图 211 想得尤为出奇，画中竟把皇上的脑袋变了形，成螺丝状。世上哪里有这样的事，所以出奇，然而却很合乎当皇帝的人的心理状态，他总是千方百计想保有他那顶皇冠，使之永远戴在他头上，谁也抢不走。这是漫画家给这种人出的点子，看来不是很合情理吗？

图 211 ／郑辛遥

为在幽默画中创作奇迹,画家在构思中作奇特非凡的想象,已达想入非非的程度。将种种奇妙的、也许看来很无聊的事也画了出来,其目的无非为引人一笑。图212是一种。房屋失火,消防队员为安全地把从火场中跳下来的人接住,居然想出这么一种匪夷所思的画面来。谁也没想到有这样滑稽,好像故意做出的情节,用张开的裤子去接来不及穿裤子的人。像这类的幽默画,是老想开玩笑的人想出来的,看来荒诞,可也娱人。也许是因为人身体下部是人们所深忌的一种隐私。涉及隐私的笑话很多,因为暴露他人的隐私正是想保护自己隐私的人最感兴趣的,连马戏团表演中,也用拉下狗熊的裤子逗人发笑呢。

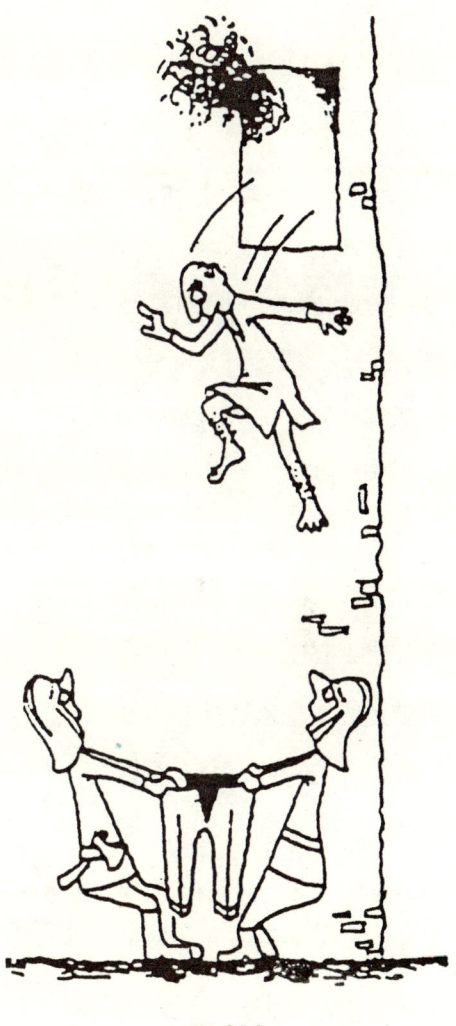

图212

二十九 启人深思的漫画

漫画家为寻找幽默画题材，什么都想到。为画得出滑稽效果，难免出现格调欠高的作品，看了给人印象不会深，还可能画出低级滑稽的东西。艺术创作因作者文化水平高低不同，这种事是难免的。令人赞赏的作品更多，有的内容有令人深思之妙，其艺术感人至深。图213是其中之一。这幅画令人想到，人的财富之多，未必准是福。这幅画表现人的财富越多，人情距离反而越远。画的是拥有交通工具的变异，但令人想到其中深刻的含义。这是幽默艺术曲折含蓄，引人领悟的特色。

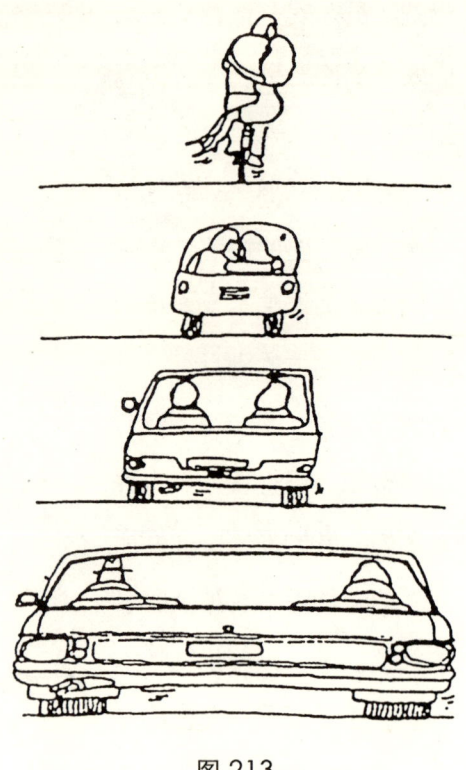

图 213

二十九　启人深思的漫画

图 214 可说是歌颂性的作品。漫画是利用矛盾创造滑稽与幽默和讽刺的，用的是曲折含蓄的表达，适用于反映和表现各种矛盾，而歌颂不需曲折表达，所以用漫画表现正面颂扬的事是很不易的。图 214 使人看了，会意识到这是百年偕老的夫妇对青年时期回忆的图景。树下这对老人相挽的姿态，是令人羡慕的。

图 214

　　有的漫画家的作品，在世界上影响极深远，所及可说是历千秋万代。其中最著名的是两位漫画家，即美国的华特·迪士尼。动画米老鼠、唐老鸭是以他的名义生产的杰作，至今已成为全世界无人不知的艺术品。另一位是英国漫画家大卫·罗。他的讽刺画流传全世界，其作品质量之高，至今无人可及。世上不少漫画家都以他为楷模，学他的画风。这两位漫画家和创作《摩登时代》《城市之光》《淘金记》等喜剧影片的表演艺术家卓别林，被称为幽默艺术家中的"三绝"，和中国的侯宝林一样，恐怕都已成为空前绝后的幽默艺术家了。除他们之外，还有德国漫画家威廉·布什。他的作品流传之广，不但在德国，在美国已被称为美国连环漫画之父。美国是全世界连环漫画最发达的国家，所创作品最多，动画片也最多最好，其他国家的作品很难与之相比。除他们之外，德国漫画家卜劳恩的连环漫画《父与子》，至今也成为可以说全世界无人不佩服的作品了。艺术品在群众中能产生如此巨大的影响，恐怕是其他种类的艺术品所望尘莫及的。

三十　漫画的标题和对话

　　漫画和其他绘画，在表现方法上有所不同。相同之处是可以不需标题，也可有标题。所不同则在于漫画的标题是作品不可分割、甚至不可改换的。漫画可在画外有相应的文字对话。文字和对话都可以写在画面中，形成文画结合的形式。文字对话可以写在画面之外，也可以在画面之内，都是作品的一部分，没有这一部分，作品会成为看不明白的废品。

　　西洋画很多是不需标题的，倘有，也大都很简单，如"水果"、"风景"、"静物"、"处女"等等，还可改动，如"处女"可改为"青春"，"静物"可改为画中所现之物，如此等等。历史画则有标题。其他有标题如"疲倦的女工"等等。传统中国画上，有题诗题词题款，也有简单标题如画的是梅花，可题"迎春"，也可题与花有点关系的字，可改动，也可题诗，也可题"梅花"、"春梅"之类。画人物可无标题，也可简标"仕女"，还常见画古代名人如"竹林七贤"、"李白吟诗图"，或题有更具文化内涵的诗词。倘把标题改动甚至删去，还可能无大害于作品，依然有其观赏价值。试将"春梅"改为"迎春"，也许更好些；完全删去标题，人一看也仍是美

丽的梅花，同样欣赏。

　　漫画则不然，虽然有标以"无题"的，删去也无害，有的全不需标题。但很多作品标题虽可改得更好，但不能失去画的原意。更多作品的标题是一点不能改动的，如图215，标题一动，画趣全失。再看图196，标题中的话如删去，画就成了废品，谁也看不明

图215　来晚了／仲维国

三十 漫画的标题和对话

白是什么意思了。又如图 190 和图 191，如把画中文字漏掉或印得看不清，这两件作品还能有什么作用？

我就多次发现，把我所作的《武大郎开店》画外的对话漏印，使作品成了谁也看不懂的画了，立即成为废品一张。

漫画标题相当重要，有人限于文化知识的不足，本来可用合适的标题，因想不出，便以"无题"作为标题了，使作品效果有所削弱。西方许多幽默画均无标题，也不需标题，如图 200、图 209，一看就明白，连"无题"二字也不需的。

启 事

  本书是方成多年研究成果的结晶,因时间跨度较大,故书中引用、论述、举例等文字多有重复内容,但为了保留各时期文章的原貌,我们未做处理。

  为了便于述说,本书作者引用了许多漫画作品,我们在此对所有作者表示感谢。另外,有部分作品未能找到原作者和作品名,故未能标注作品信息,请谅解!